Circo de palavras

PARA GOSTAR DE LER 42

Circo de palavras

histórias, poemas e pensamentos

MILLÔR FERNANDES

Ilustrações
Millôr Fernandes

Seleção de textos
Rafael Lima

editora ática

Circo de palavras

Diretor editorial	Fernando Paixão
Editora	Gabriela Dias
Editor assistente	Emílio Satoshi Hamaya
Assessoria editorial	Barbara Heller
Redação	Juliana de Souza Topan
Coordenadora de revisão	Ivany Picasso Batista
Revisoras	Fernanda Almeida Umile
	Luciene Lima

ARTE

Editora	Cintia Maria da Silva
Diagramadora	Thatiana Kalaes
Editoração eletrônica	Studio 3

CIP-BRASIL. CATALOGAÇÃO NA FONTE
SINDICATO NACIONAL DOS EDITORES DE LIVROS, RJ

F41c

Fernandes, Millôr, 1924-
Circo de palavras: histórias, poemas e pensamentos / texto e ilustrações de Millôr Fernandes ; [seleção dos textos Rafael Lima]. – São Paulo : Ática, 2007
120p. : il. – (Para Gostar de Ler ; 42)

Apêndice e suplemento de leitura
Inclui bibliografia

ISBN 978-85-08-11247-0

1. Fernandes, Millôr, 1924 – Coletânea. 2. Literatura infantojuvenil. I. Lima, Rafael. II. Título. III. Série.

07-2228. CDD: 028.5
CDU: 087.5

ISBN 978 85 08 11247-0 (aluno)

CAE: 213961
CL: 736009
IS: 248556

2019
1ª edição
8ª impressão
Impressão e acabamento: Gráfica Paym

Avenida das Nações Unidas, 7221, Pinheiros – CEP 05425-902 – São Paulo, SP
Atendimento ao cliente: 4003-3061 – atendimento@aticascipione.com.br
www.coletivoleitor.com.br

Sumário

Moderno e irreverente

Um mundo veloz, cheio de novidades. Você certamente se reconhece nele. As imagens e a internet trazem tanta informação... Pode até parecer que Millôr Fernandes está muito distante desse mundo, com seus livros, muitos deles criados numa máquina de escrever.

No entanto, apesar da máquina com que Millôr escreveu seus textos já estar totalmente ultrapassada, eles continuam muito atuais. Ao lermos suas crônicas, em muitas delas reconhecemos os problemas sociais e nacionais do nosso dia a dia, ou algum comportamento humano que presenciamos na nossa família, na nossa escola, enfim, na sociedade como um todo.

Muitas vezes escritos antes do advento da internet, os textos de Millôr também combinam com a velocidade desse meio de comunicação. São textos curtos, ágeis, de linguagem simples. Mas a simplicidade não quer dizer falta de elaboração: são textos inteligentes, irônicos, que exigem raciocínio do leitor e que combinam alguns traços intemporais da arte de escrever com a modernidade. Pois ao mesmo tempo que Millôr é moderno, ele dialoga com textos muito antigos. É um grande piadista, que aborda com humor a realidade e, simultaneamente, trata de coisas muito sérias. Você deve estar pensando: que autor estranho! Troquemos a palavra “estranho” por “irreverente”, e vamos pensar um pouco melhor nessas aparentes contradições.

Uma vez que Millôr escreve e publica seus textos a partir dos anos 1940, podemos chamá-lo de moderno, já que alguns autores, antes dele (mais ou menos nos anos 1920), se diziam modernos porque queriam transformar a literatura do seu tempo. Eles pensavam que a literatura deveria ser ágil, para acompanhar o novo ritmo das cidades. Também achavam que a literatura não deveria ser apenas feita com poesias difíceis, palavras raras e temas solenes – e sim com textos que fizessem as pessoas se divertirem e, ao mesmo tempo, pensarem o mundo que estava à sua volta.

É claro que, se formos pesquisar o modernismo na literatura brasileira, vamos achar muitas e mais complexas informações. Porém, isso basta para entender um pouco mais este livro de Millôr Fernandes. Podemos dizer que, como um autor moderno, ele mistura o texto jornalístico com o texto literário. Do jornalista, temos a linguagem simples, o texto curto, o retrato do dia a dia. Do literato, temos o “brincar” com a palavra, com seus sons, seus diferentes significados; a renovação e, muitas vezes, a paródia de formas antigas e tradicionais de literatura, como a poesia, a fábula, o conto de fadas...

E tudo isso revestido de muita ironia e humor. É dessa forma que Millôr se torna um autor muito sério, porque o riso é a forma que ele escolheu para retratar com mais leveza realidades às vezes muito complexas ou difíceis: a falta de liberdade em tempos de ditadura militar, a falta de ética e a corrupção que assolava (não seria melhor usar o verbo no presente?) nosso país, a teorização excessiva do conhecimento nas escolas, as desencontradas relações humanas e sociais...

Enfim, além do sorriso, sempre temos um pensamento crítico por trás das palavras de Millôr. E, por isso, ler esse autor é um convite à diversão e ao exercício da inteligência.

Boa reflexão e, claro, boas risadas!

Velhas novas fábulas

Fabulista é quem cria fábulas, ou é também aquele que as conta, e reconta, e assim sem querer as recria? Agora você vai acompanhar algumas histórias, umas muito antigas, outras quase novas. Talvez até sinta, ao virar a página, uma brisa vinda da Europa, da Índia... mas também um cheirinho de Brasil. Porque Millôr trouxe para cá estas histórias e recontou de um jeito todo próprio, todo brasileiro. Se quem conta um conto aumenta um ponto, quantos pontos Millôr teria aumentado? Você decidirá, durante a leitura.

O tamanho do homem

Diz-se que o Sátrapa[1] oriental ganhou, de outro potentado, um corte de maravilhosa seda, rara e transparente. Chamou imediatamente o alfaiate da corte e perguntou-lhe o que podia fazer com tal fazenda. O alfaiate examinou bem a fazenda, mediu a fazenda, mediu o tirano e disse-lhe, contrafeito, que o pano não dava pra mais do que um colete. O Sátrapa estranhou, mas não disse nada. Meses depois, viajando por uma província distante, levou consigo a fazenda e consultou célebre alfaiate da região. O homem examinou a peça e disse que com ela poderia fazer uma toga. O tirano pegou então a fazenda e, numa viagem que fez a um país vizinho, consultou outro alfaiate. Este lhe disse que a fazenda dava para uma toga e um colete. Já excitado em sua curiosidade o Sátrapa esperou uma viagem que fez para o ponto mais distante a que jamais viajara, um país do ocidente que até então lhe era completamente hostil e lá consultou também um famoso alfaiate. Este, depois de examinar rapidamente a seda, disse-lhe que com ela poderia fazer uma toga, uma túnica, um colete, vários lenços e um turbante. O tirano então não se conteve e perguntou: "Como se explica, ó mestre, que você com esse pano possa fazer tanto se o alfaiate da minha corte, destro e competente como é, declarou-me que com ele não podia fazer mais do que um colete?".

"Ah" – respondeu então o alfaiate – "é que, na sua terra, o senhor é um grande homem".

---

1 Governador, na antiga Pérsia; indivíduo muito poderoso e tirano. (N. E.)

Moral: "De todos os homens que conheço, o mais sensato é o meu alfaiate. Cada vez que vou a ele, toma novamente as minhas medidas. Quanto aos outros, tomam a medida apenas uma vez e pensam que seu julgamento é sempre do meu tamanho." (George Bernard Shaw[2])

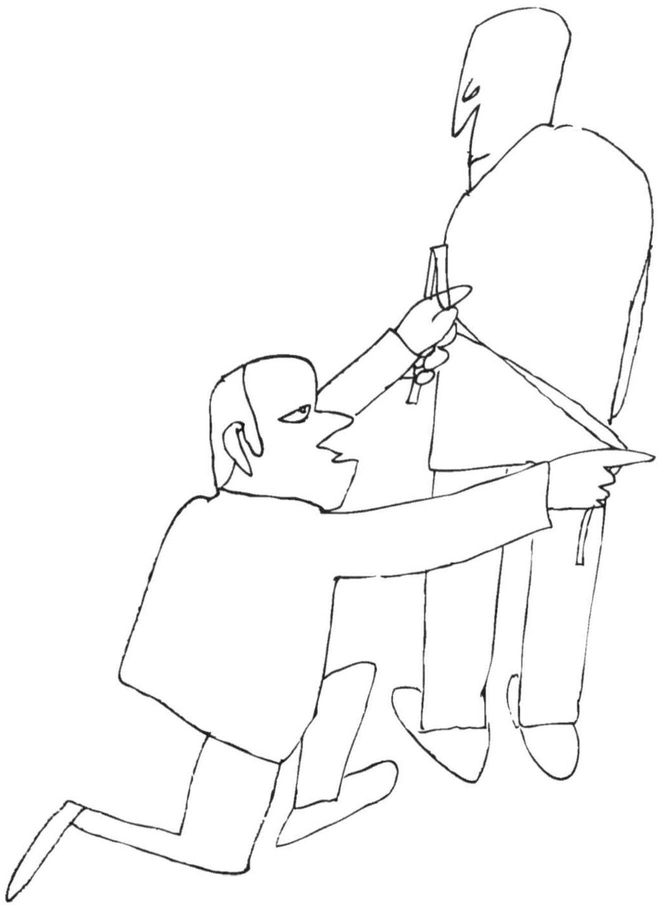

2 Escritor, crítico de artes e dramaturgo irlandês (1856-1950). Recebeu o Prêmio Nobel de Literatura em 1925. (N. E.)

A ambição superada

(À maneira dos... finlandeses)

Certo dia uma rica senhora viu, num antiquário, uma cadeira que era uma beleza. Negra, feita de mogno e cedro, custava uma fortuna. Era, porém, tão bela, que a mulher não titubeou – entrou, pagou, levou para casa.

A cadeira era tão bonita que os outros móveis, antes tão lindos, começaram a parecer insuportáveis, à simpática senhora (era simpática).

Ela então resolveu vender todos os móveis e comprar outros que pudessem se equiparar à maravilhosa cadeira. E vendeu-os e comprou outros.

Mas então a casa, que antes parecia tão bonita, ficou tão bem mobiliada que se estabeleceu uma desarmonia flagrante entre casa e móveis. E a senhora começou a achar a casa horrível.

E vendeu a casa e comprou uma outra, maravilhosa.

Mas dentro daquela casa magnífica, mobiliada de maneira esplendorosa, a mulher começou, pouco a pouco, a achar seu marido mesquinho. E trocou o marido por um outro, jovem, belo e inteligente.

Mas mesmo assim não conseguiu ser feliz. Pois naquela casa magnífica, com aqueles móveis admiráveis e aquele marido fabuloso, todo mundo começou a achar que ela era extremamente vulgar.

Moral: O meio faz o homem e desfaz a mulher.

Juízo final

Chegou o miserável milionário no céu e, impacientemente, esperou a sua vez de ser julgado. Introduziram-no numa sala, noutra sala, noutra sala, até que se viu frente a uma luz ofuscante(1), na qual pouco a pouco foi distinguindo a figura santa do Pai dos Homens. Em voz tonitruante este, tendo à direita Pedro, e, à esquerda, uma figura que ele não conhecia, julgou sumariamente(2) dois outros pecadores que estavam à sua frente. E, afinal, dirigiu-se a ele:

– Que fez você de bom em sua vida?

– Bem, eu nasci, cresci, amei, casei, tive filhos, vivi.

– Ora – disse o Senhor –, isso são atos sociais e biológicos a que você estava destinado. Quero saber que bondade específica e determinada você teve para com seu semelhante. Um grandioso ato de volição.

– Bem – disse o milionário –, eu criei indústrias, comprei fazendas, dei emprego a muita gente, melhorei as condições sociais de muita gente.

– Não, isso não serve – disse o Todo-Poderoso –, essas ações estavam implícitas no ato de você enriquecer. Você as praticou porque precisava viver melhor. Não foram, intrinsecamente, boas ações, desprendidas. Não servem.

O milionário escarafunchou o cérebro e não encontrou nada. Em verdade passara uma vida egoísta, pensando apenas

(1) O céu é iluminado a energia cósmica.

(2) A dialética de Deus é tida usualmente como irretorquível.

em si mesmo. Nunca o preocupara seu semelhante, nunca olhara para o ser humano a seu lado senão como uma fonte de lucro para suas indústrias. Mas, de repente, lembrou-se das obras de filantropia.

– Ah – disse, puxando uma caderneta –, aqui está. Uma vez dei cem cruzeiros para uma velhinha da Casa dos Artistas, outra vez contribuí com duzentos cruzeiros para o Hospital dos Alienados e outra vez contribuí com quinhentos cruzeiros para a Fundação das Operárias de Jesus.

– Só? – perguntou Deus.

– Só – disse o milionário contrafeito.

– Josué – gritou o Todo-Poderoso(3) –, dá oitocentos cruzeiros ao cavalheiro aqui e manda ele pras profundas do inferno!

Moral: Amor com amor se paga e dinheiro com dinheiro também.

(3) Algum tempo depois que escrevemos isto, essa figura mitológica começou a ser negada.

O abridor de latas

Pela primeira vez no Brasil, um conto escrito inteiramente em câmara lenta.

Quando esta história se inicia já se passaram quinhentos anos, tal a lentidão com que ela é narrada. Estão sentadas à beira de uma estrada três tartarugas jovens, com 800 anos cada uma, uma tartaruga velha, com 1.200 anos, e uma tartaruga bem pequenininha ainda, com apenas 85 anos. As cinco tartarugas estão sentadas, dizia eu. E dizia-o muito bem pois elas estão sentadas mesmo. Vinte e oito anos depois do começo desta história a tartaruga mais velha abriu a boca e disse:

– Que tal se fizéssemos alguma coisa para quebrar a monotonia desta vida?

– Formidável – disse a tartaruguinha mais nova 12 anos depois –, vamos fazer um piquenique?

Vinte e cinco anos depois as tartarugas se decidiram a realizar o piquenique. Quarenta anos depois, tendo comprado algumas dezenas de latas de sardinhas e várias dúzias de refrigerantes, elas partiram. Oitenta anos depois chegaram a um lugar mais ou menos aconselhável para um piquenique.

– Ah – disse a tartaruguinha, 8 anos depois –, excelente local este!

Sete anos depois todas as tartarugas tinham concordado. Quinze anos se passaram e, rapidamente, elas tinham arrumado tudo para o convescote. Mas, súbito, três anos depois, elas perceberam que faltava o abridor de latas para as sardinhas.

Discutiram e, ao fim de vinte anos, chegaram à conclusão de que a tartaruga menor devia ir buscar o abridor de latas.

– Está bem – concordou a tartaruguinha três anos depois –, mas só vou se vocês prometerem que não tocam em nada enquanto eu não voltar.

Dois anos depois as tartarugas concordaram imediatamente que não tocariam em nada, nem no pão nem nos doces. E a tartaruguinha partiu.

Passaram-se cinquenta anos e a tartaruga não apareceu. As outras continuavam esperando. Mais 17 anos e nada. Mais 8 anos e nada ainda. Afinal uma das tartarugas murmurou:

– Ela está demorando muito. Vamos comer alguma coisa enquanto ela não vem?

As outras não concordaram, rapidamente, dois anos depois. E esperaram mais 17 anos. Aí outra tartaruga disse:

– Já estou com muita fome. Vamos comer só um pedacinho de doce que ela nem notará.

As outras tartarugas hesitaram um pouco, mas, 15 anos depois, acharam que deviam esperar pela outra. E se passou mais um século nessa espera. Afinal a tartaruga mais velha não pôde mesmo e disse:

– Ora, vamos comer mesmo só uns docinhos enquanto ela não vem.

Como um raio as tartarugas caíram sobre os doces seis meses depois. E justamente quando iam morder o doce, ouviram um barulho no mato por detrás delas e a tartaruguinha mais jovem apareceu:

– Ah, murmurou ela – eu sabia, eu sabia que vocês não cumpririam o prometido e por isso fiquei escondida atrás da árvore. Agora eu não vou mais buscar o abridor, pronto!

FIM (trinta anos depois)

A verdade na mata

Quebrando o tédio, disse um dos caçadores: “Você quer apostar como eu saio e dentro de dez minutos volto com um tigre morto?”. Disse o outro caçador, *blasé*[1]: “Bobagem: no Brasil não tem tigre”. “Isso você leu nos livros”, respondeu o primeiro. “E verifiquei na prática”, tornou o segundo. “Pois eu vou sair e voltar com um tigre para desmoralizar a sua teoria e a sua prática”, disse o primeiro caçador. “Vale quinhentas pratas?”. O outro caçador disse que valia e o primeiro saiu carregando seu rifle. O outro ficou fumando cachimbo. Daí a dez minutos, um tigrão enorme meteu a cabeça na porta da tenda e gritou, com seu vozeirão: “Hei velho, você deve quinhentas pratas à viúva do outro”.

Moral: Não adianta nada ganhar certas apostas.

1 Em francês, "insensível", "indiferente", "desinteressado". (N. E.)

O rei dos animais

Saiu o leão a fazer sua pesquisa estatística, para verificar se ainda era o Rei das Selvas. Os tempos tinham mudado muito, as condições do progresso alterado a psicologia e os métodos de combate das feras, as relações de respeito entre os animais já não eram as mesmas, de modo que seria bom indagar. Não que restasse ao Leão qualquer dúvida quanto à sua realeza. Mas assegurar-se é uma das constantes do espírito humano, e, por extensão, do espírito animal. Ouvir da boca dos outros a consagração do nosso valor, saber o sabido, quando ele nos é favorável, eis um prazer dos deuses. Assim o Leão encontrou o Macaco e perguntou: "Hei, você aí, macaco, quem é o rei dos animais?". O Macaco, surpreendido pelo rugir indagatório, deu um salto de pavor e, quando respondeu, já estava no mais alto galho da mais alta árvore da floresta: "Claro que é você, Leão, claro que é você!"(1).

Satisfeito, o Leão continuou pela floresta e perguntou ao papagaio: "Currupaco, papagaio. Quem é, segundo seu conceito, o Senhor da Floresta, não é o Leão?". E como aos papagaios não é dado o dom de improvisar, mas apenas o de repetir, lá repetiu o papagaio: "Currupaco... não é o Leão? Não é o Leão? Currupaco, não é o Leão?".

Cheio de si, o Leão prosseguiu em busca de novas afirmações de sua personalidade. Encontrou a coruja e perguntou: "Coruja, não sou eu o maioral da mata?". "Sim, és tu",

---

(1) Só depois pensaria: "Cada macaco no seu galho".

disse a coruja. Mas disse de sábia, não de crente. E lá se foi o Leão, mais firme no passo, mais alto de cabeça. Encontrou o tigre. "Tigre" – disse em voz de estentor –, "eu sou o rei da floresta. Certo?". O tigre rugiu, hesitou, tentou não responder, mas sentiu o barulho do olhar do Leão fixo em si, e disse, rugindo contrafeito: "Sim". E rugiu ainda mais mal-humorado e já arrependido, quando o leão se afastou.

Três quilômetros adiante, numa grande clareira, o Leão encontrou o elefante. Perguntou: "Elefante, quem manda na floresta, quem é Rei, Imperador, Presidente da República, dono e senhor de árvores e de seres, dentro da mata?". O elefante pegou-o pela tromba, deu três voltas com ele pelo ar, atirou-o contra o tronco de uma árvore e desapareceu floresta adentro. O Leão caiu no chão, tonto e ensanguentado, levantou-se lambendo uma das patas, e murmurou: "Que diabo, só porque não sabia a resposta não era preciso ficar tão zangado".

Moral: Cada um tira dos acontecimentos a conclusão que bem entende.

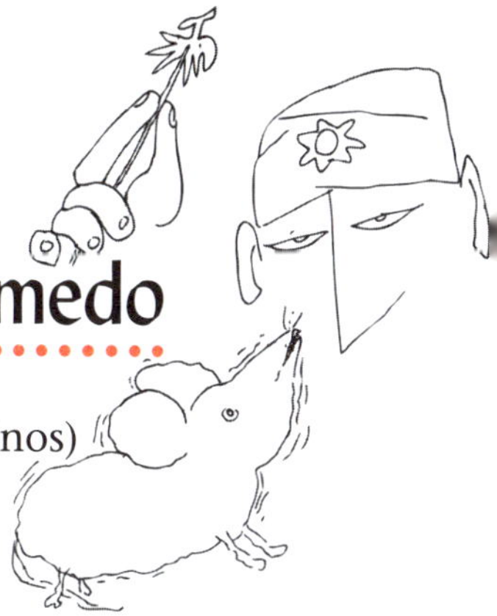

O rato que tinha medo

(À maneira dos... marroquinos)

Um Rato tinha medo de Gato. Nisso não era diferente dos outros ratos. Pavor, tremor, ânsia, vida incerta. Mas, igual a todos os outros de sua espécie, o nosso Rato teve, no entanto, um fato diferente em sua vida – encontrou-se com um Mágico(1). Conversa vai, conversa vem, ele explicou ao Mágico a sua sina e o seu pavor. O Mágico então transformou-o exatamente naquilo que ele mais temia e achava mais poderoso sobre a terra – um Gato. O Rato, daí em diante, passou a perseguir os outros ratos mas adquiriu imediatamente um medo horrível de cães. E nisso também não era diferente de todos os outros gatos. A única diferença foi que tornou a se encontrar com o Mágico. Falou-lhe então do seu novo medo e foi transformado outra vez na coisa que mais temia, Cão. Cão, pôs-se logo a perseguir os gatos. Mas passou a temer animais maiores, como Leão, Tigre, Onça, Boi, Cavalo, tudo. O Mágico surgiu mais uma vez e resolveu transformá-lo, então, num Leão, o mais poderoso dos animais(2). Mas o nosso ratinho, guindado assim à letra O da classe animal, passou porém a recear quando ouvia passo de Caçador. Então o Mágico chegou, transformou-o de novo num Rato e disse, alto e bom som:

Moral: "Meu filho, quem tem coração de Rato não adianta ser Leão".

---

(1) Ainda há alguma magia.

(2) Será?

A mensagem

Num mundo em que a comunicação é tudo e o dinheiro sempre pouco, conta-se aqui uma história altamente moral sobre a inutilidade da primeira enquanto se economiza o segundo:

E chamou o pintor e lhe encomendou a placa para anunciar a especialidade do seu negócio: "Nesta casa se vendem ovos frescos". Além dos dizeres recomendou ao pintor que bolasse uma figura, qualquer alegoria referente ao ramo. E perguntou quanto era. O pintor disse que ficaria em 50.000. Cinquenta mil o quê? indagou o comerciante, pensando, inutilmente, numa moeda mais desvalorizada do que o cruzeiro[1]. Cinquenta mil cruzeiros, disse o pintor. Ah, não vale, disse então o comerciante. Como não vale? retrucou o pintor, ofendido em sua arte mais do que atingido em sua economia. O senhor não poderia reduzir um pouco? arriscou o comerciante. Claro que posso, disse o pintor, posso reduzir a figura e os dizeres. Como assim? disse o negociante. Olha, explicou o pintor, pra começo de conversa, não precisamos usar figura nenhuma. Se se diz que o senhor vende ovos não há necessidade de colocar nenhuma galinha pintada, não é mesmo? Se o normal são ovos de galinha, o fato de não ter nenhuma outra ave faz com que os ovos sejam, presumivelmente, de galinha. É certo, concordou o negociante. Então, fez o pintor, vinte mil cruzeiros de menos. Agora também não é necessário dizer *nesta casa*. Se o freguês passa

1 Antigo padrão monetário do Brasil, substituído em 1994 pelo real. (N. E.)

por aqui e vê: *Se vendem ovos frescos* já sabe que é nesta casa. Ele não vai pensar que é na casa ao lado, não é mesmo? Certíssimo! exclamou o comerciante. Então, continuou o pintor, por que colocar *Se vendem*? Se o freguês potencial lê *Ovos Frescos* já sabe que se vendem. Ninguém pensaria que o senhor vai abrir uma casa comercial para alugar ovos ou apenas para expô-los, *right*? É mesmo! espantou-se ainda mais o comerciante. Quanto ao *Frescos*, continuou impávido o pintor, refletindo melhor não é de boa psicologia usar essa palavra. *Frescos* lembra sempre a hipótese contrária, a de ovos *velhos*. Não deve nem ter passado pela cabeça do comprador a ideia de que seus ovos podem ser outra coisa senão frescos. Portanto, tiremos também o *Frescos*! Certíssimo! berrou o negociante, agora profundamente entusiasmado com a dialética do pintor. Façamos, portanto, apenas *OVOS*. Por favor, desenhe aí só essa palavra, bem bonita, bem clara: OVOS! Só ovos, ovos *tout court*[2], ovos em si mesmos, que se vendam pela sua pura e simples aparência de ovos, pelo seu inimitável oval! Então vamos lá, concordou o pintor. Mas antes de começar a usar o pincel voltou-se para o negociante e perguntou, preocupado: Mas, me diga aqui, amigo – pensando bem, por que vender ovos?

Moral: Nunca pomos onde estamos...

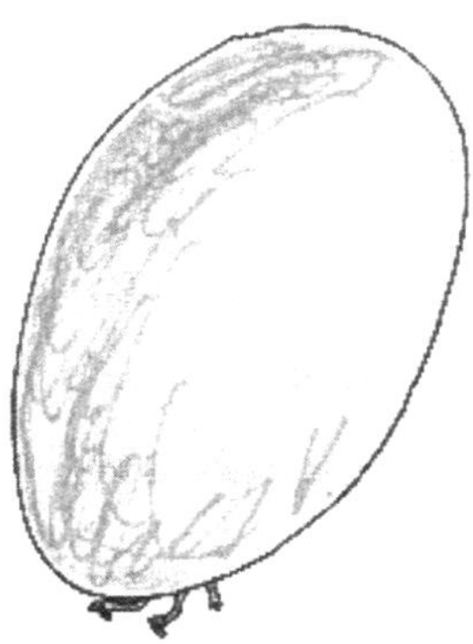

2 Em francês, "sem mais nada". (N. E.)

Cientificismo

Uma certa poesia em meu caráter vem de belas e ingênuas histórias lidas na infância. Essas histórias foram escritas por homens que as imaginavam com pureza de intenções e uma total ausência de métodos *dirigidos*. Vejo, com tristeza, uma enorme tendência atual para se escrever histórias *orientadas*, que visem dar à criança não apenas a magia dos acontecimentos narrados, mas também, hábil ou grosseiramente disfarçados no meio disso, conhecimentos úteis, noções culturais, dados científicos, em suma, educação! Isso não existe, sobretudo dentro dos currículos escolares, e nada do que aprendemos nos livros didáticos nos serviu na vida. Não nos ajudou a compreendê-la melhor, a amá-la mais, a senti-la mais profundamente. Professores sem lirismo, em cursos sem fé, secam as fontes de criação dos alunos, amarguram-nos com noções inúteis, criam-lhes tabus para sempre indestrutíveis, inoculam-lhes o horror à cultura e, sobretudo, matam-lhes esse que é o maior dom do ser humano – seu senso lúdico. Agora – e de alguns anos – sinto essa ameaça comercial-didática às histórias infantis. Menos e menos puras elas vão ficando cada dia. Mas vá lá, sou (por isso mesmo) um homem que também perdeu muito do seu encantado primitivismo e que aceita os tempos. Assim, não podendo reagir, quero ser dos primeiros a adotar essa tendência de que falo e a usá-la totalmente. Contemos, pois, no estilo aludido, a história de... Qual história seria melhor? Bem, contemos a história de...

Chapeuzinho Vermelho

Era uma vez (admitindo-se aqui o tempo como uma realidade palpável, estranho, portanto, à fantasia da história) uma menina, linda e um pouco tola, que se chamava Chapeuzinho Vermelho. (Esses nomes que se usam em substituição do nome próprio chamam-se alcunha ou vulgo.) Chapeuzinho Vermelho costumava passear no bosque, colhendo sinantias, monstruosidade botânica que consiste na soldadura anômala de duas flores vizinhas pelos invólucros ou pelos pecíolos, muçambés ou muçambês, planta medicinal da família das caparidáceas, e brincando aqui e ali com uma jurueba, da família dos psitacídeos, que vivem em regiões justafluviais, ou seja, à margem dos rios. Chapeuzinho Vermelho andava, pois, na Floresta, quando lhe aparece um lobo, animal selvagem carnívoro do gênero cão e... (Um parêntesis para os nossos pequenos leitores – o lobo era, presumivelmente, uma figura inexistente criada pelo cérebro superexcitado de Chapeuzinho Vermelho. Tendo que andar na Floresta sozinha, natural seria que, volta e meia, sentindo-se indefesa, tivesse alucinações semelhantes.)

Chapeuzinho Vermelho foi detida pelo Lobo, que lhe disse: (Outro parêntesis; os animais jamais falaram. Fica explicado aqui que isso é um recurso de fantasia do autor e que o Lobo encarna os sentimentos cruéis do Homem. Esse princípio animista é ancestralíssimo e está em todo o folclore universal.) Disse o Lobo: "Onde vais, linda menina?". Respondeu Chapeuzinho Vermelho: "Vou levar estes doces à minha avozinha, que está doente. Atravessarei dunas, montes, cabos, istmos e outros acidentes geográficos e deverei chegar lá às treze e trinta e cinco, ou seja, à uma hora e trinta e cinco minutos da tarde".

Ouvindo isso o Lobo saiu correndo, estimulado por desejos reprimidos (Freud: *Psychopathology of evereday life*, The Modern Library Inc., N. Y.). Chegando na casa da avozinha ele a engoliu de uma vez – o que segundo o conceito materialista de Marx indica uma intenção crítica do autor, estando oculta aí a ideia do capitalismo devorando o proletariado – e ficou esperando, deitado na cama, fantasiado com a roupa da avó.

Passaram-se quinze minutos (diagrama explicando o funcionamento do relógio e seu processo evolutivo através da história). Chapeuzinho Vermelho chegou e não percebeu que o Lobo não era sua avó, porque sofria de astigmatismo convergente, que é uma perturbação visual oriunda da curvatura da córnea. Nem percebeu que a voz não era a da avó, porque sofria de otite, inflamação do ouvido, nem reconheceu, nas suas palavras, palavras cheias de má-fé masculina, porque afinal, eis o que ela era mesmo: esquizofrênica, débil mental e paranoica, pequenas doenças que dão no cérebro, parte superoanterior do encéfalo. (A tentativa muito comum da mulher ignorar a transformação do Homem é profusamente estudada por Kinsey em *Sexual behavior in the human female*, W. B. Saunders Company, Publishers.)

Mas, para salvação de Chapeuzinho Vermelho, apareceram os lenhadores, mataram cuidadosamente o Lobo, depois de verificar a localização da avó através da roentgenfotografia. E Chapeuzinho Vermelho viveu tranquila cinquenta e sete anos, que é a média da vida humana segundo Malthus, Thomas Robert, economista inglês nascido em 1766, em Rookery, pequena propriedade de seu pai, que foi grande amigo de Rousseau[1].

1 Jean-Jacques Rousseau (1712-1778), escritor e filósofo francês. (N. E.)

Tudo é convenção!

E, como chovia, a tristeza da chuva caiu sobre a tristeza do ambiente já de si tristíssimo e os homens calaram-se todos. A pequena enfermaria do hospital ficou silenciosa, até que um dos cinco doentes propôs: "Podíamos jogar um poquerzinho – hem? Vocês têm dinheiro?". Os outros tinham e resolveram jogar. Chamaram a velha enfermeira, que se aproximou cheia de saúde e sedução(1), e pediram: "Será que você arranja um baralho por aí, filha?". Ela foi e voltou dizendo que não tinha. Pensava que tinha, mas não tinha. E o tédio se abateu de novo sobre os doentes, até que um deles se lembrou: "Olhe aqui, filha, você não tem aquele montão de fichas velhas que você ia botar fora?". A enfermeira foi lá dentro e trouxe todas as velhas fichas de anotações do estado dos doentes. Os homens pegaram 52 e começaram a jogar o pôquer, depois de convencionarem o valor de cada ficha correspondente às cartas normais do baralho.

E isso lhes fez muito bem à saúde e evitou a depressão que lhes vinha minando a alma. Pois quando o médico chegou para examiná-los, encontrou-os todos bem-dispostos e contentes. Um dizia: "Estou com duas lesões no coração e duas úlceras no duodeno". "Perdeu!" – ria felicíssimo o outro. – "Eu tenho duas cataratas e três hemoptises". "Perderam os dois" – dizia o último. – "Eu tenho um câncer no reto".

Moral: Há males que vêm para bem.

---

(1) Puro efeito do contraste.

O arreglo

A sorte, de muitos madrasta, de Joãozinho Pixinga era mãe e companheira, amante e conselheira, fã e secretária. Com dentes, num país de feios; louro, num país em que a água oxigenada é cara; vivo, num país de gigantesco índice de mortalidade infantil; ele era, só por isso, um privilegiado. O fato é que...

– João Pixinga, preciso ter uma conversa muito séria com você – disse Maneta Boa-Pinta, Rei dos Bicheiros, encontrando Pixinga num bar do Rocha.

– Fala, crioulo! – disse Pixinga.

– Pixinga, você sabe o quanto eu o admiro. Aliás, não faço nenhuma vantagem com isso. Sou eu e toda a população da cidade.

– Sei. Passa pro outro parágrafo. Não vamos perder tempo com o que todo mundo sabe.

– Depois que você virou titular do Framinense, o escore máximo que os outros times conseguiram contra o teu time foi 0 a 3, 0 a 5 e 0 a 8. Nunca mais ninguém conseguiu balançar o véu do Fra.

– Já sugeri um randicápi[1]: aumentarem o tamanho do meu gol. Senão, sei, o futebol não tem mais graça.

– É uma boa ideia – concordou Maneta, Rei dos Bicheiros –, mas eu tenho uma ideia melhor, e mais rápida, pra animar o campeonato.

1 Ou *handicap* (em inglês), vantagem que se dá a um competidor mais fraco. (N. E.)

– Ah, é? – fez Joãozinho Pixinga, Rei dos Goleiros, meio ofendido porque, além de goleiro, ele tinha também suas pretensões intelectuais e a veleidade do outro ter uma ideia melhor que a sua lhe parecia coisa ofensiva – Qualé?

– Cem mil cruzeiros.

– Cem mil cruzeiros o quê? Não entendo – disse Joãozinho Pixinga, fingindo-se de desentendido.

– Vou direto – disse Maneta. – Não sou Rei dos Bicheiros à toa. Conversa de homem. Topa não topa a coisa morre aqui.

– Vai.

– Pois é. Dia 15 temos a finalíssima Frumengo x Framinense, o crássico.

– O mais importante Fru x Fra dos últimos dez anos. *O Dia* disse que é o Fru x Fra do século.

– Exato. Há dez anos o Fru não ganha um campeonato. Esse ano, se passar pelo Fra, o Fru tá feito, o caneco na mão. *Tou* com 100.000 na agulha.

– Pra quê?

– Pra você amolecer.

– *Peraí*, Maneta Boa-Pinta, não *tou* te entendendo bem. Quer dizer, eu, o maior goleiro da história do futebol brasileiro, de quem a crítica especializada, além da "técnica sem-par" elogia a "elegância sem igual" – estou citando –, vou liquidar minha carreira assim, por 100.000? Que é que há? Vai subornar os teus tiras, Maneta.

– Quem falou em 100.000, cara? Eu disse 500.000!

– Pois é; você pensa que vou enterrar minha glória e minha honra, meu comportamento "verdadeiro exemplo para os mais novos" – estou citando –, por 500.000 cruzeiros? O que é que há? Vai subornar a tua PM, Maneta.

– Mas, que diabo, quem foi que falou em 500.000? Quinhentos mil por um partidão desses? Você está doido? Trouxe até aqui, no bolso, ó, em espécie: 1 milhão(1). Foi o que eu distribuí com o júri das escolas de samba.

---

(1) Maneta aprendeu a levar todo o dinheiro que possuía consigo próprio lendo um grande filósofo que, às vezes, andava até com 25.000 dólares no bolso – Jean-Paul Sartre.

– Dois milhões? Pô, de uma vez por todas, Boa-Pinta, você acha que a posição que eu consegui no esporte, alto e louro aos 22 anos, olho azul na defesa da pequena área, eu vou vender por 3 milhões?

– Pixinga, você não percebe que tudo é um equívoco, que querem nos jogar um contra o outro, desfazer nossa amizade de tantos anos, desde que "trocávamos figurinha" no fundo do quintal em Del Castilho? Quem falou em 4 milhões? É tudo ou nada, Pixinga; já fiz um *pool*[2] com o Anastácio-do-Pó e o Toninho-do-assalto-ideológico e "fechei" em 10 milhões. Fica tranquilo, sabemos valorizar o que é nosso. Tua honra não vale menos que a do príncipe Bernardo, da Holanda, pô.

– Adiantado. Toma nota aí da minha conta numerada na Tailândia.

(CORTE. QUINZE DIAS DEPOIS)

Bocó passou pra Deodoro, Deodoro chutou pra Plim-Plim, que arrematou no peito e bateu firme contra o gol desguarnecido de Pixinga que estava caído. A bola passou raspando a trave, 2 centímetros por fora, milagrosamente não entrou. Pixinga deu mal a saída, a bola foi pros pés de Jequitinhonha, que cruzou para Bocó que chutou de primeira contra um gol vazio porque Pixinga, sozinho, tinha escorregado e caído outra vez. A multidão em peso gritou "Gooooooollll". Os locutores das várias TVs e inúmeras rádios também gritaram um "Goooooolll" gigantesco, que ecoou em todo o país, enquanto a bola, outra vez milagrosamente, passava por cima das traves do Fra.

De novo o jogo recomeçou. O time de Pixinga, sempre fraco e mal ajustado, que usualmente só dependia dele defendendo tudo no gol, nesse domingo não podia contar com coisa nenhuma. Ainda assim, absurdamente, ganhava de 2 x 0.

2 Em inglês, fundo monetário comum, "vaquinha". (N. E.)

Pixinga não estava num dia ruim. Ele nunca tivera um dia ruim. Estava num dia negro. Ninguém entendia. Nunca se vira aquilo. Parecia dopado. Defendia mal as bolas mais bobas, deixava as bolas mais fracas resvalar das mãos, saía mal do gol, caía errado em cima das bolas, assistia aos adversários passarem livres pela sua defesa(2). Um dia incrível – comentavam todos nas gerais, nas arquibancadas e nos estúdios de rádio e TV. Parecia até – como disse um comentarista – que Pixinga tinha levado bola. Mas o fato é que, apesar do fracasso espantoso de Pixinga, o Fru perdeu o jogo e o campeonato. Naquela tarde, os jogadores do Fru estavam ainda piores que sempre, piores até que Pixinga e, misteriosamente, não conseguiram enfiar um gol em todos os 90 minutos de jogo. Misteriosamente? É. Até que expliquemos ao leitor que Pixinga, além do grande talento esportivo tinha também, como já vimos pelo seu diálogo com Maneta Boa-Pinta, um extraordinário talento político-financeiro. Depois de aceitar os 10 milhões de Maneta, ele, sabiamente, distribuíra 5 entre os atacantes do time adversário para que estes chutassem todas as bolas fora. Foi por isso que, apesar de sua atuação, ainda saiu do campo carregado pela solidariedade da torcida (que, se antes admirava apenas sua perícia, desse dia em diante passou a mitificar também a sua sorte) com 5 milhões no bolso e a honra intata(3).

Moral: A sorte também necessita de ajuda econômica.

Submoral: Generalizando-se a corrupção, restabelece-se a Justiça.

---

(2) Pra conseguir não ver os adversários, Pixinga inaugurou uma coisa nova em futebol: jogou de óculos escuros. Imitava assim alguns ditadores que usam óculos escuros pra não ver a corrupção em volta.

(3) Dizem que tem uns caras aí no baixo mundo que não foram nessa e preparam o testamento de Pixinga, já estando em confecção um pijama de madeira, no qual, com a boca cheia de formiga, ele vai entrar no chão de costas e comer capim pela raiz a eternidade afora. Mas isso, como diria Kipling, é outra história.

Trapézio de letras

Literatura se faz com palavras raras e solenes? Poesia é texto difícil? Não para Millôr. Ele faz piada da linguagem do cotidiano, com os diferentes sentidos das palavras. Retrata com ironia a nossa realidade, com rimas simples e poucos versos, ou mesmo com frases cheias de irreverência. Em poesia ou prosa, Millôr brinca com as palavras: as letras se jogam na página, num trapézio de novos significados. Afinal, linguagem é movimento!

Poesia cinética I

Era um homem bem-vestido
Foi beber no botequim
Bebeu muito, bebeu tanto
Que

s a i u

d e

l á

a s s i m.

As casas passavam em volta
Numa procissão sem-fim
As coisas todas rodando
Assim

assim assim assim
assim assim
assim assim assim
assim assim assim assim

Poesia cinética II

Apertados no balanço
Margarida e Serafim
Se beijam com tanto ardor
Que acabam ficando assim.

O moço entra apressado
Para ver a namorada
E é da seguinte forma
escada.
a
sobe
ele
Que
Mas lá em cima está o pai
Da pequena que ele adora
E por isso pela escada
Assim
ele
vem
embora.

Joãozinho, o monstro

Joãozinho de automóvel
Corre a 90 no cais.
Dona Marta ia passando.
Agora não passa mais.

Poesia de litígio conjugal alienígena

O casal de javaneses
Que mora pegado a mim
Veio pra cá há três meses
E vive brigando assim:
"Kesta, Resta, Rula, Krosta, Eperetecê!
Katurmala! Aturkika! Ora, vai você!".

Poesia hirsuta

O cabelo humano
É um troço muito engraçado
Cresce na cara do careca
E não na calva do barbado.

Poesia matemática

Às folhas tantas
Do livro matemático
Um Quociente apaixonou-se
Um dia
Doidamente
Por uma Incógnita.
Olhou-a com seu olhar inumerável
E viu-a, do Ápice à Base,
Uma Figura Ímpar;
Olhos romboides, boca trapezoide,
Corpo otogonal, seios esferoides,
Fez da sua
Uma vida
Paralela a dela
Até que se encontraram
No Infinito.
"Quem és tu?", indagou ele
Com ânsia radical.
"Sou a soma do quadrado dos catetos.
Mas pode me chamar de Hipotenusa."
E de falarem descobriram que eram
– O que, em aritmética, corresponde
A almas irmãs –
Primos-entre-si.
E assim se amaram
Ao quadrado da velocidade da luz

Numa sexta potenciação
Traçando
Ao sabor do momento
E da paixão
Retas, curvas, círculos e linhas sinoidais.
Escandalizaram os ortodoxos das fórmulas euclidianas
E os exegetas do Universo Finito.
Romperam convenções newtonianas e pitagóricas.

E, enfim, resolveram se casar
Constituir um lar.
Mais que um lar.
Uma Perpendicular.

Convidaram para padrinhos
O Poliedro e a Bissetriz.
E fizeram planos, equações e diagramas para o futuro

Sonhando com uma felicidade
Integral
E diferencial.
E se casaram e tiveram uma secante e três cones
Muito engraçadinhos.
E foram felizes
Até aquele dia
Em que tudo, afinal,
Vira monotonia.
Foi então que surgiu
O Máximo Divisor Comum
Frequentador de Círculos Concêntricos.
Viciosos.
Ofereceu-lhe, a ela,
Uma Grandeza Absoluta,
E reduziu-a a um Denominador Comum.
Ele, Quociente, percebeu
Que com ela não formava mais Um Todo,

Uma Unidade. Era o Triângulo,
Tanto chamado amoroso.
Desse problema ela era a fração
Mais ordinária.
Mas foi então que Einstein descobriu a Relatividade
E tudo que era espúrio passou a ser
Moralidade
Como, aliás, em qualquer
Sociedade.

Ode (ou elegia?) a um quase calvo

Ontem hoje
E amanhã
O homem o cabelo parte
Parte o cabelo com arte
Até que o cabelo parte.

Poesia exploratória

Quem alisa os meus cabelos?
Quem me tira o paletó?
Quem, à noite, antes do sono,
Acarinha meu corpo cansado?
Quem cuida de minha roupa?
Quem me vê sempre nos sonhos?
Quem pensa que sou o rei desta pobre criação?
Quem nunca se aborrece de ouvir a minha voz?
Quem paga o meu cinema, seja de dia ou de noite?
Quem calça os meus sapatos e acha meus pés tão lindos?
Eu mesmo.

Aos que não têm vez

Até mesmo na ciência
O pobre sente ironia
Pois toda alta de preços
Se estuda em economia.

Poeminha do "tempo perdido"

"Querido", ela me diz,
"Você está ficando prematuramente calvo."
E eu me amarguro:
Já não sou mais seu querido.
Já não sou mais prematuro.

Poeminha sobre o mistério do tempo

O despertador desperta
Acordo com sono e medo:
Por que a noite é tão curta
E fica tarde tão cedo?

Maturidade

O desenvolvimento
Cerebral
Nunca se compara
Ao abdominal.

Teatro Corisco

O capitalismo mais reacionário

Tragédia em um ato
Personagens – o patrão e o empregado
Época – atual

ATO ÚNICO

Empregado – Patrão, eu queria lhe falar seriamente. Há quarenta anos que trabalho na empresa e até hoje só cometi um erro.

Patrão – Está bem, meu filho, está bem. Mas de agora em diante tome mais cuidado.

(Pano bem rápido)

Retrato

Comendo em cantos
Desconfiado
Quente e lustroso
Curvo e sedoso
Esgar de boca
Rasgado grito
Quando assustado
Bigode hirto
Andar felino
E feminino
Olhar que acende
À luz que apaga
A ronroneira
Quando ressona
O encolhimento
Antes do salto
Filosofia
Do dia a dia
Falso abandono
Ante seu dono
Um ódio eterno
A seu inimigo
Expressão mística
De um Egito antigo
Olhos de outrora
Se entramos tarde

Da madrugada
Se é dia claro
Ou é luz morna
Quando entardece
Tem infantil
Uma pata esquerda
Que rola a bola,
Que rola o rolo
Que furta o bolo.
Esse o retrato
De um bicho esquivo
Chamado gato.

Snooker

Certa vez eu jogava uma partida de sinuca e só havia a bola sete na mesa. De modo que mastiguei-a lentamente saboreando-lhe os bocados com prazer. Refiro-me à refeição que havia pedido ao garçom. Dei-lhe duas tacadas na cara. Estou me referindo à bola. Em seguida saí montado nela e a égua de que estou falando agora chegou calmamente à fazenda de minha mãe. Fui encontrá-la morta na mesa, meu irmão comia-lhe uma perna com prazer e ofereceu-me um pedaço: "obrigado", disse eu, "já comi galinha no almoço".

Logo em seguida chegou minha mulher e deu-me na cara. Um beijo, digo.

Ao mesmo tempo eu dei-lhe um pontapé e a cachorrinha saiu latindo. Então apertei-a contra mim e dei-lhe um beijo na boca. De minha mulher, digo. Dei-lhe um abraço. Fazia calor. Daí a pouco minha camisa estava inteiramente molhada. Refiro-me à que estava na corda secando quando começou a chover. Minha sogra apareceu para apanhar a camisa. Não tive outro remédio senão esmagá-la com o pé. Estou falando da barata que ia trepando na cadeira.

Malaquias, meu primo, vivia com uma velha de oitenta anos. A velha era sua avó, esclareço. Malaquias tinha dezoito filhos mas nunca se casou. Isto é, nunca se casou com uma mulher que durasse mais de um ano. Agora, sentado à nossa frente, Malaquias fura o coração com uma faca. Depois corta as pernas e o sangue vermelho do porco enche a bacia.

Nos bons tempos passeávamos juntos. Eu tinha um carro. Malaquias tinha uma namorada. Um dia rolou a ribanceira. Me refiro a Malaquias. Entrou pela pretoria adentro arrebentando a porta e parou resfolegante junto do juiz pálido de susto. Me refiro ao carro. Depois então saiu da pretoria com a noiva já na direção. Me refiro ao carro. E a Malaquias.

O Brasil

(Descrição física e política)
(Uma sugestão de J. Brito Camargo)

O Brasil é um país maior do que os menores e menor do que os maiores. É um país grande, porque, medida sua extensão, verifica-se que não é pequeno. Divide-se em três zonas climatéricas absolutamente distintas: a primeira, a segunda e a terceira. Sendo que a segunda fica entre a primeira e a terceira. As montanhas são consideravelmente mais altas que as planícies, estando sempre acima do nível do mar. Há muitas diferenças entre as várias regiões geográficas do país, mas a mais importante é a principal. Na agricultura faz-se exclusivamente o cultivo de produtos vegetais, enquanto a pecuária especializa-se na criação do gado. A população é toda baseada no elemento humano, sendo que as pessoas não nascidas no país são, sem exceção, estrangeiras. Na indústria fabricam-se produtos industriais, sobretudo iguais e semelhantes, sem deixar-se de lado os diferentes. No campo da exploração dos minérios o país tem uma posição só inferior aos que lhe estão acima, sendo, porém, muito maior produtor do que todos os países que não atingiram o seu nível. Pode-se mesmo dizer que, excetuando-se seus concorrentes, é o único produtor de minérios no mundo inteiro. Tão privilegiada é hoje, enfim, a situação do país, que os cientistas procuram apenas descobrir o que não está descoberto, deixando para a indústria tudo que já foi aprovado como industrializável e para o comércio tudo que é vendável. Na arte também não há ciência, reservando-se essa atividade exclusivamente para os artistas. Quanto aos escritores, são recrutados, geralmente, entre os intelectuais. É enfim o País do Futuro, sendo que este se aproxima a cada dia que passa.

Profunda base histórica

No princípio, vocês se lembram dos estudos de História do Brasil, era aquele negócio das especiarias. Ainda não existíamos, mas os navios lusitanos já cortavam os mares no caminho do Oriente, em direção às Índias, em busca de *noz*-de-cola, *noz*-vômica, *noz*-moscada. Numa dessas idas e vindas teve aquela das calmarias – é o que eles contam – e fomos descobertos. Por acaso. Tropeçaram na gente.

Descobertos por povo marítimo e povo marítimo *nós* mesmos (sempre tivemos as costas largas), era natural que a medida marítima, o *nó* náutico, nos fosse tão importante. Como, daí em diante, foram importantíssimos para *nós* os *nós* da madeira do pau-brasil que exportávamos com um *nó* na garganta (sabendo já que exportávamos ecologia), ameaçados pelo *nó* da forca portuguesa.

E fomos nos civilizando: *nos*sos índios aprenderam a dar *nó* no sapato e na gravata e quando sentiam *nó* nas tripas já não se tratavam como os *nós* das cobras. Ficaram supersticiosos, batendo com os *nós* dos dedos (toc! toc!), e, catequizados pelos padres, acabaram aderindo ao *nó* matrimonial católico.

Tinha que dar nisso – somos hoje um povo cheio de *nós* pelas costas. Desafiados pelo *nó* do enredo, o *nó* da questão, nossos líderes acabaram transformando o *nó* corredio num *nó* cego que ninguém desata. E agora esperamos em vão nosso Alexandre[1], aquele que terá coragem bastante de meter a espada nesse *nó* górdio.

1 Alexandre Magno, ou Alexandre, o Grande (356 a.C.–323 a.C.), rei da Macedônia que cortou com a espada o "nó górdio". Tal nó era tão bem-feito que, segundo a lenda, quem

O resultado? Uma incrível corrupção, um tremendo "Venha a *nós*". Quem paga por tudo isso? *Nós* outros.

Tem razão o *slogan*: É um país feito por *nós*.

conseguisse desatá-lo teria o domínio de toda a Ásia. "Cortar o nó górdio" passou a significar um modo rápido de resolver uma dificuldade. (N. E.)

Tempos e modos

Um jornalista não apenas de fatos, mas de seres humanos. Millôr não registra apenas acontecimentos, mas também as pessoas do seu tempo, seus modos, seus pensamentos, suas virtudes, defeitos, esquisitices... A sociedade é matéria infinita para a curiosidade do escritor, que analisa com bom humor, em diversos gêneros, a variedade do caráter humano e suas mudanças através dos tempos.

Poeminha maçante – Por que não ser também um chato?

Sempre sofri
O ataque inesperado
Do primo chato,
Do amigo chato,
Do chato ocasional
Que nem espera ser apresentado.

E queria saber como
(Na certa querendo ser simpático)
Teria ele chegado à solidão
Da chatidão.

Mas de repente percebi
Sem ser doutor
Que a chatice é a única doença
Que não dói no portador.
E resolvi ser chato.

Desfaço agora com o máximo desdém
De quem tem e de quem não tem.
Sei ser *blasé* diante da maior obra de arte
E no teatro, ao começar a interpretação,

Eu, zás!,
Me viro de costas para comentá-la
Com o sujeito de trás.

Falo alto na igreja
E baixinho diante dos que ouvem mal.
Bocejo de tédio quando alguém me olha
E me visto sempre de maneira imprópria
Para a ocasião.

Quando me falam de livro
Respondo: "E as mulheres, como vão?".

Nunca ouço o que dizem
Falo sempre de mim mesmo
Não respeito compromissos
E troco nomes a esmo.

Ah, ser chato é muito diferente
De suportar um chato
Suportar é quase doloroso
Mas sê-lo
É delicioso!

E o que é melhor, amigo,
Todos os chatos
Evitam tratar comigo.

Mandrake

Você procura um objeto
Horas inteiras. Revira a casa toda.
Afinal, quando a esposa sabe o que
Você procura
Aponta
Muito segura:
"Mas, está aí mesmo
Embaixo do seu nariz".
Você olha
E é como ela diz.
Mas é bom examinar com cautela;
O objeto já estava lá
Ou apareceu ao gesto dela?

Poeminha incomparável

Ele é rico
Tem um dinheiro infinito
Tem conforto e paparico
Mora bonito
Não tem pressa
Nem é aflito
Vive à beça
Come do bom e melhor
Faz tudo o que pensa e quer
Conhece o mundo de cor
E pode escolher mulher.
Eu sou pobre,
Triste e feio,
Empate na vida
Coluna do meio
Perdi a corrida
Vivo com receio
Pois ninguém me ama
Ninguém me quer
Ninguém me chama
De Baudelaire[1].
Mas se alguém acha
Que estou a fim
De trocar com ele:
Estou sim!

1 Charles Baudelaire (1821-1867), poeta francês, considerado um dos maiores do século XIX. (N. E.)

Poeminha de louvor ao “strip-tease” secular

Eu sou do tempo em que a mulher
Mostrar o tornozelo
Era um apelo!
Depois, já rapazinho, vi as primeiras pernas
De mulher
Sem saia;
Mas foi na praia!

A moda avança
A saia sobe mais
Mostra os joelhos
Infernais!

As fazendas
Com os anos
Se fazem mais leves
E surgem figurinhas
Em roupas transparentes
Pelas ruas:
Quase nuas.
E a mania do esporte
Trouxe o *short*.
O *short* amigo
Que trouxe consigo
O maiô de duas peças.
E logo, de audácia em audácia,
A natureza ganhando terreno

Sugeriu o biquíni,
O maiô de pequeno ficando mais pequeno
Não se sabendo mais
Até onde o corpo branco
Pode ficar moreno.

Deus,
A graça é imerecida,
Mas dai-me ainda
Uns aninhos de vida!

Se

Se o mundo fosse de palha
Eu punha fogo no mar,
E se o mar fosse de beijos
Eu bebia até cansar,
Se a água fosse de ouro
Ninguém vivia no bar,
Se peixe crescesse em árvores
Seria fácil pescar,
Se pardal comesse abelha
Que estranho seria o ar,
Se os porcos fossem limpos
Que grande e belo luar,
Se barata desse leite
O leite ia baratear,
Se os homens ruminassem
Não viviam a se queixar,
Se as ruas caminhassem
Eu não saía do lugar,
Se 6 e 6 fossem 4
3 e 3 seriam um par,
Se fossem lá todos juntos
Ninguém pegava lugar,
Se reflexo valesse
O céu era fundo do mar,
E se os ratos fossem valentes
Os gatos iam se mancar.

Hamlet[1] 1954

Devia escrever a meu irmão
Mas não vou escrever não.
Pois agora devo sair
Ou é melhor ir dormir?
Para comprar uns jornais
Ou então ficar em casa
E ler coisas mais normais
(ou morais?)
Estou certo do que penso
Inda se o contrário pensar;
Vou fazer o meu regime
Logo depois do jantar.
E depois vou a um cinema
(ou é melhor ir a um bar?)
Faço
Fico
Na certa que não
Que sim
Sempre estou
(ou nunca estou?)
Inseguro de mim.

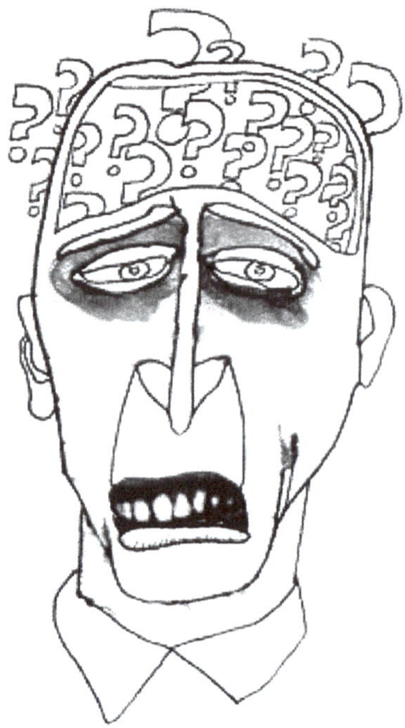

1 Personagem principal da peça teatral de mesmo nome, considerada a obra-prima de Shakespeare (1564-1616). É dele a famosa frase "Ser ou não ser, eis a questão", que expressa uma grande indecisão, característica de sua personalidade. (N. E.)

Poeminha edipiano[1] diante do punho fechado de uma filha

A Paolinha (que é como eu)

"Que pergunta você me traz na mão fechada:
É tudo – ou nada?
Onde você catou esse mistério
Que agora me estende num punho tão sério?
Se você abrir a mão vazia
Será, talvez, uma borboleta que fugiu?"
Olho tua mão, assim fechada,
E penso em minha própria mão, um dia,
Te deixando escapar,
E alguém me perguntando:
"Onde é que ela está?
Você deixou voar?"

– Ah, não tinha nada.
Querendo me enganar!

1 Neste caso, *edipiano* pode ser entendido como *edipismo*, a arte de decifrar charadas. (N. E.)

O filho prodígio

Era um desses meninos modelos. Desses, é modo de dizer, pois nunca existiu outro igual. O seu primeiro choque com o mundo foi com o próprio pai. Estava um dia brincando com o seu trenzinho, fazendo barulho, enquanto o pai lia. De repente o pai gritou: "Para com isso, menino!". Ele parou, olhou para o pai e disse: "Talvez, meu pai, outro menino de minha idade perguntasse por que o senhor dá essa ordem. Eu não. Obedeço e pronto!".

Outra feita subiu numa escada de mão para tirar mangas de uma mangueira. A escada escorregou no tronco da árvore molhada e lá veio ele ao chão, num tombo perigoso. Ficou caído, todo machucado, enquanto a mãe se aproximava chorando e gritando. Levantou-se e disse: "Minha mãe, espero que isto me sirva de lição".

Às visitas ele se apresentava rapidamente sempre que sua mãe o chamava. Para não embaraçá-las, dizia logo: "Realmente estou muito crescido, não estou? Agora posso retirar-me para brincar lá fora e não perturbar a conversa das senhoras?".

Certa vez saía de casa para ir ao cinema. Sua mãe ajeitou-lhe o laço do sapato. Ele disse, olhando a expressão do rosto dela: "Realmente, a gente tem um filho, cria-o com tanto carinho e logo ele tem atitudes e vontades próprias. Isso é muito triste, a senhora não acha?".

Quando falavam qualquer coisa de mais sério ou picante à sua frente ele se levantava, pedia licença para se retirar: "Os senhores sabem; eu ainda não tenho idade para ouvir certas coisas".

Quando o pai lhe dava dinheiro para comprar livros ou divertir-se, comentava invariavelmente: "Na minha idade o senhor já ganhava a vida sozinho".

Se surpreendia a mãe trabalhando fora de hora, não se esquecia de dizer: "Oh! A senhora trabalha como uma escrava para sustentar-me e a verdade é que eu jamais saberei reconhecer isso".

Quando se esquecia e discutia um problema, voltava logo a si e ordenava-se: "Bem, e agora creio que a senhora não quer ouvir mais nenhuma palavra sobre esse assunto!".

Se errava, dizia ao pai: "Na verdade não sei o que está acontecendo com os meninos da minha idade. No seu tempo não era assim".

Ou então: "Realmente eu já tenho idade para não fazer mais isso!".

Ou ainda: "Nunca serei nada na vida se continuar assim".

Quando entrou para a faculdade disse ao pai: "O senhor nunca teve as oportunidades que está me dando".

Quando teve o seu primeiro amor falou a ambos, pai e mãe: "Acho que estou numa idade crítica".

Quis casar cedo, mas reconheceu-o diante da progenitora: "Sim senhora, depois de todos os sacrifícios que a senhora fez por mim!".

Era um cínico ou era um sábio.

O destino

Encontraram-se os dois chineses.

– Olá, Chen-fu, por onde andou?

– Ah, passei seis meses no hospital.

– Eh, isso é mau.

– Nada. Isso é bom; casei com uma enfermeira alinhadíssima.

– Ah, isso é bom.

– Que o quê, isso é mau – ela tem um gênio dos diabos.

– Eh, isso é mau.

– Não, não, isso é bom; o avô dela deixou uma herança e eu não preciso mais trabalhar.

– Oh, oh, isso é bom!

– Oh, oh, isso é mau; com o gênio dela, às vezes não me dá um níquel. E como eu não trabalho, não tenho o que comer.

– Xi, isso é mau!

– Engano. Isso é bom; eu estava ficando gordo e mole; vê só agora o corpinho com que estou!

– É mesmo – isso é bom!

– Que bom!?! Isso é mau. As garotas não me deixam e acabei gostando de outra.

– Êpa, isso é mau mesmo.

– Mau nada, isso é bom. Essa outra mora num verdadeiro palácio e me trata como um príncipe.

– Então, isso é bom.

– Bom? Isso é mau! O palácio pegou fogo e foi tudo embora.

– Ôcha que isso é mau!

– Mau nada; isso é bom. O palácio pegou fogo porque minha mulher foi lá brigar com a outra, virou um lampião e as duas morreram no incêndio. Eu fiquei rico e só.

– Isso é bom?

– Isso é bom, amigo!

O banheiro

Não é o lar o último recesso do homem civilizado, sua última fuga, o derradeiro recanto em que pode esconder suas mágoas e dores. Não é o lar o castelo do homem. O castelo do homem é o seu banheiro. Num mundo atribulado, numa época convulsa, numa sociedade desgovernada, numa família dissolvida ou dissoluta só o banheiro é um recanto livre, só essa dependência da casa e do mundo dá ao homem um hausto de tranquilidade. É ali que ele sonha suas derradeiras filosofias e seus moribundos cálculos de paz e sossego. Outrora, em outras eras do mundo, havia jardins livres, particulares e públicos, onde o homem podia se entregar à sua meditação e à sua prece. Desapareceram os jardins particulares pois o homem passou a viver montado em lajes, tendo como ilusão de floresta duas ou três plantas enlatadas que não são bastante grandes para ocultar seu corpo da fúria destrutiva da proximidade forçada de outros homens. Não encontrando mais as imensidões das praças romanas, que lhe davam um sentido de solidão, não tendo mais os desertos, hoje saneados, irrigados e povoados, faltando-lhes as grutas dos companheiros de Chico de Assis, onde era possível refletir e ponderar, concluir e amadurecer, o homem foi recuando, desesperou e só obteve um instante de calma no dia em que de novo descobriu seu santuário dentro de sua própria casa – o banheiro. Se não lhe batem à porta outros homens (pois um lar por definição é composto de mulher, marido, filho, filha e um ou outro parente, próximo ou remoto, todos com suas necessidades físicas e morais) ele, ali e só ali, por alguns instantes, se oculta, se introspecciona, se reflete, se calcula e julga. Está só consigo mesmo, tudo é segredo, ninguém o interroga, pressiona, compele, tenta, sugere, assalta. Aqui é que o chefe da casa, à altura dos quarenta anos, olha os cabelos já grisalhos, os claros da fronte, e reflete, sem testemunhas nem cúmplices, sobre os objetivos negativos da existência que o estão conduzindo – embora altamente bem-sucedido na vida prática – a essa lenta degradação física. Examina com calma sua fisionomia, põe-se de perfil, verifica o grau de sua obesidade, reflete sobre vãs glórias passadas e decide encerrar definitivamente suas pretensões sentimentais, ânsia cada vez maior e mais constante num mundo encharcado de instabilidade. É nesse mesmo banheiro que o filho de vinte anos examina a vaidade de seus músculos, vê que deve *trabalhar* um pouco mais seus peitorais, ensaia seu sorriso de canto de boca, fica com um olhar sério e profundo que pretende usar mais tarde naquela senhora bem mais velha do que ele mas ainda cheia de encantos e promessas. É aqui que a filha de dezessete anos vem ler a carta secreta que recebeu do primo, cujos sentimentos são insuspeitados pelo resto da família. Já leu a carta antes, em vários lugares, mas aqui tem o tempo e a solidão necessários para degustá-la e suspirá-la. É aqui também que ela vem verificar certo detalhe físico que foi comentado na rua, quando passava por um grupo de operários de obras, comentário que na hora ela ouviu com um misto de horror e desprezo. É aqui que a dona de casa, a mãe de família, um tanto consumida pelos anos, vem chorar silenciosamente, no dia em que descobre ou suspeita de uma infidelidade, erro ou intenção insensata da parte do marido, filho, filha, irmãos. Aqui ninguém a surpreenderá, pode amargurar-se até aos soluços e sair, depois de alguns momentos, pronta e tranquila, com a alma lavada e o rosto idem, para enfrentar sorridente os outros misteriosos e distantes seres que vivem no mesmo lar.

Não há, em suma, quem não tenha jamais feito uma careta equívoca no espelho do banheiro nem existe ninguém que nunca tenha tido um pensamento genial ao sentir sobre seu corpo o primeiro jato de água fria. Aqui temos a paz para a autocrítica, a nudez necessária para o frustrado sentimento de que nossos corpos não foram feitos para a ambição de nossas almas, aqui entramos sujos e saímos limpos, aqui nos melhoramos o pouco que nos é dado melhorar, saímos mais frescos, mais puros, mais bem-dispostos. O banheiro é o que resta de indevassável para a alma e o corpo do homem moderno e queira Deus que Le Corbusier[1] ou Niemeyer não pensem em fazê-lo também de vidro, numa adaptação total ao espírito de uma humanidade cada vez mais gregária, sem o necessário e apaixonante sentimento da solidão ocasional. Aqui, neste palco em que somos os únicos atores e espectadores, neste templo que serve ao mesmo tempo ao deus do narcisismo e ao da humildade, é que a civilização hodierna encontrará sua máxima expressão, seu último espelho – que é o propriamente dito.

– Xantipa, que diabo, me joga essa toalha!

---

1 Arquiteto franco-suíço (1887-1965) considerado um dos maiores do século XX e pioneiro da arquitetura moderna mundial. O famoso arquiteto brasileiro Oscar Niemeyer o tem como seu mestre. (N. E.)

Quem não anuncia se esconde

O *Jornal do Brasil* abriga uma humanidade algumas vezes curiosa, algumas vezes ansiosa, algumas vezes ávida ou desesperada, a maior parte das vezes simplesmente confusa.

Há mais mistérios entre o céu e a terra do que sabe a nossa filosofia e há mais gente lendo diariamente os classificados do *Jornal do Brasil* de ponta a ponta do que podemos imaginar. Uns o fazem em busca de algo perdido para ver se alguém o encontrou, outros o fazem por alguma coisa achada para ver quanto oferece de prêmio quem a perdeu, outros querem simplesmente o sonho de uma casa em que morar, alguns procuram um braço para o trabalho, outros oferecem o braço procurado e muitos leem de simples curiosidade, observando da plateia o tumulto de ofertas, procuras, danos, misérias, cobiça, abandono e busca de que as páginas classificadas estão cheias.

Tudo pode surgir ali, de toda forma: "Vende-se Pelo-de-Arame, com dois meses de idade." "Compra-se louça portuguesa." "Senhora, jovem e sem compromisso, oferece-se para tomar conta de apartamento de senhor de fino trato." "Precisa-se de elefante para propaganda de inseticida." "Vende-se 450 litros de perfume francês – Chanel 5."

A linguagem é quase sempre dúbia, muito por incapacidade de redigir, muito por manha, a fim de apanhar o tolo que lê e conduzi-lo entusiasmado à emboscada da compra errada ou do aluguel em local impróprio. Os eufemismos já são convencionais e qualquer leitor sabe que "Aluga-se casa, passando-se pequenos móveis" quer dizer "luvas" e "Cavalheiro só, necessitando de moça independente para secretária" significa conquistador barato em lance livre. Da mesma maneira "Casa necessitando pequenos consertos, aluga-se barato a quem der referências" significa "Precisa-se de carpinteiro que deseje passar o resto de sua vida consertando de graça casa alheia" e "Vende-se propriedade com água corrente" pode muitas vezes significar que a água corrente cai do teto.

Nem sempre, porém, a desconfiança é boa conselheira, pois "Cavalheiro de fino trato, desejando alugar rapidamente apartamento mobiliado por motivo de viagem" pode ser realmente um sujeito que vai viajar, e "Senhora só, necessitando empregada para pequenos serviços" pode viver realmente sozinha e precisar mesmo de empregada para uma ou outra coisa, sem mais embuste. Na verdade, os anúncios não têm maior sentido de exploração do que tudo o mais e se a própria vida é má e dura ainda dá margem a que surja de vez em quando um poeta anunciando em versos, um jovem procurando ansiosamente a "morena de olhos verdes que dançou comigo no Baile do Municipal de 2 às 2h45", ou uma velha que só deseja saber quem encontrou "um retrato de homem de bigodes grandes, tendo atrás a data 18-9-1922", única recordação talvez de um morto estimado que soube, possivelmente, ter a graça de viver pouco.

E é, aliás, dentro do sentido pessoal do anúncio que o observador casual ou experimentado encontra a maior soma de material para o psicólogo, o filósofo, o censor, o artista ou qualquer outro especialista em alma humana. Pois há os que oferecem o filho para adoção e há os que desejam de qualquer maneira adotar um filho, há os que pedem a volta da esposa transviada de qualquer maneira, pois a "compreendem e perdoam", há os que anunciam ao irmão vindo do norte que tiveram de mudar de endereço subitamente e que, pelo amor de Deus, os procure no Cachambi, enquanto muitos têm apenas o desejo de oferecer préstimos, habilidades e a própria dignidade, em troca da possibilidade pura de viver – "casa, comida e pequeno ordenado, dorme-se no emprego".

Há os patéticos. Esses anunciam em letras maiores e pagam mais para que todos saibam que morreu "Lalá, aos três anos de idade" e convidam todos os parentes e amigos para o seu enterro, às 5 horas da tarde. Lalá resulta um cachorrinho de alguma raça e alguma estimação mas talvez nem tanto de uma ou de outra quanto o anúncio quer fazer supor. Usam ainda termos como "desesperado" quando procuram empregos, "às portas da morte" quando precisam internação em hospital devido a uma apendicite comum, e "viúva, com três filhos" sem dizer que o marido, além dos filhos, deixou um montepio pequeno, mas que dá para comer e morar.

Há os humoristas. Põem para alugar o apartamento do amigo por um aluguel baixíssimo, sem "luvas", ou com "luvas" bem módicas para acrescentar realidade à oferta, e morrem de rir quando o amigo mais tarde lhes conta inocentemente o dia monstruoso que passou atendendo pretendentes. Gostam também de anunciar a compra de árvores de Natal depois do Natal, ou casca de nozes para indústria. E anunciam a dentadura do avô, põem à venda uma perna mecânica com todos os movimentos, as primeiras provas tipográficas da "Odisseia", e "uma escova de dentes de estimação".

Ninguém pode medir até onde vai a influência desses pequenos anúncios classificados, arrumados compactamente e a alto preço em algumas dezenas de páginas de um jornal de tiragem não muito elevada. Como também é impossível calcular a soma de desonestidade intencional ou refletida, de má-fé, dolo, chicana ou quaisquer outros termos jurídicos que circulam em suas linhas. No meio da gente que anuncia seriamente, por necessidade ou negócio, há um milhão de pessoas tentando comunicações estranhas, contatos escusos, empreitadas impossíveis. E prometendo, seduzindo, convencendo, tentando de todas as formas.

Se você tiver a paciência e a habilidade suficiente para ler e perceber a orgia de seiva vital que corre por essas páginas, ali você encontrará realmente tudo.

Pegue uma tesoura, como nós fizemos, vá recortando e colando. Dentro de alguns dias você terá, armado cuidadosamente em quadrinhos de quebra-cabeça, o mapa completo dessa coisa danada que se chama civilização.

Falando ao invisível

Podia ser influência das pressões dos meios de comunicação que tanto insistiram na "Fog"[1] e no que a provocava, podia ser que eu estivesse excessivamente cansado, mas a voz me falou subitamente:

– Como é que é, tudo bem?

Olhei, assustado, em todo o aposento. Não vi ninguém. A voz continuou, diminuta, mas clara:

– Não adianta me procurar. Sou invisível. Isto é, não sou invisível. Mas como sou pequeno demais, você não consegue me ver. Percebe a diferença?

Assustado, fiz que sim.

– Quem é você? – perguntei.

– Um vírus – veio a resposta inesperada. – Vírus da "Fog". Mas não precisa ficar com medo. Você não vai me *pegar*. Aliás, você já pensou na pretensão do ser humano? Quando nós pegamos ele, ele diz que nos pegou. "Peguei a gripe" – ah, ah, ah!

– Não tem perigo de eu pegar... de você me pegar? – perguntei.

– Não. Gostei de você. Vou conservar uma certa distância.

– Posso confiar?

– Que é que há ô meu? Eu sou um vírus, não sou um verme. Nem todo micróbio é mau-caráter. Os da minha espécie, por exemplo, não são tão maus quanto vocês os ampliam.

1 "Nevoeiro", em inglês. (N. E.)

– Mas por que você vai me poupar? Afinal de contas é visceral em vocês...

– Visceral, ô! Só de ouvir falar em vísceras me dá água na boca. (Pausa) Acontece que você foi o primeiro cara que eu vi defendendo o *outro* lado.

– Que outro lado?

– Da ecologia. Foi você quem primeiro gritou que o homem é o câncer da natureza. Foi você quem primeiro escreveu defendendo os ratos contra os homens. Quem sabe você põe a sua pena...

– Que expressão antiga, Vírus!

– Desculpe, a gente cai no lugar-comum. A sua tecla a serviço dos micróbios?

– Mas já fiz isso também. Eu sou o único cara a favor do câncer. O câncer é parte fundamental do sistema de controle ecológico.

– Bacana mesmo. Mas nós, micróbios, de modo geral, estamos sendo bombardeados indiscriminadamente. Nós somos o Vietnam[2] do Micromundo. Basta, por exemplo, eu entrar num corpo pra procurar um pouco de alimentação e sou atacado por milhões dos mais variados penicilos, os traidores! Antigamente a gente ainda se divertia um bocado antes de devastar o campo atacado. As febres, as pragas e uma guerrinha maneira e anti-higiênica todos os anos, nos permitiam uma vida folgada e alegre. Ninguém sequer desconfiava de nossa existência. Mas depois, com a publicidade que Pasteur[3] fez em torno da gente, nossa "imagem" se tornou odiosa. Abra a imprensa – vê se tem uma linha a nosso favor! Injusto, bicho, injusto! Só os vermes maiores, como vocês, têm direito à existência.

Fiz um gesto com a cabeça e o vírus parece ter achado que eu estava totalmente do lado dele, porque continuou:

2 País que esteve em guerra com os Estados Unidos entre 1964 e 1975. (N. E.)

3 Louis Pasteur (1822-1895), cientista francês que fez grandes descobertas na área da Química e da Medicina. (N. E.)

– Olha, vou te contar, eu, e todos da minha família, estamos cheios da vida aqui na Terra. Se tivéssemos uma oportunidade, sairíamos daqui de qualquer jeito. Mas a discriminação é tanta que nem nas viagens interplanetárias nos deixaram ir. Os poucos milhões que tentaram, foram liquidados em massa. Um verdadeiro viruscídio. (Pausa) Você nem vai acreditar o que aconteceu comigo na semana passada. Assim que cheguei da Inglaterra fui apanhado na alfândega e um velho idiota me levou prum laboratório, reuniu uma porção de médicos, acadêmicos e estudantes e fez uma baita dissertação a respeito do meu caráter. E eu lá dentro de um tubo malcheiroso, sem poder dizer nada. Sabe o que ele tentou fazer comigo, no fim? Me matar num caldeirão de água fervendo! Quer dizer, um caldeirão pra mim, mas, como a latinha era, proporcionalmente, muito pequena pro servente que ia me botar no gás, caiu das mãos dele e eu escapei. Ainda falam dos nazistas, pô!

Comecei a sentir uma simpatia enorme pelo ser que me falava. Ele percebeu e se abriu mais.

– Mas, também, nem sempre minha vida foi pra me queixar. Por exemplo, uma vez passei quase dois anos – um dia e meio de vocês – numa fábrica de queijos, trabalhando na confecção de certos tipos especiais. Com que prazer nós todos trabalhávamos ali, você nem pode imaginar! Você nunca viu um grupo de bacilos mais sociáveis em toda a sua vida. Mas o que é bom dura pouco. Chegou subitamente um bacteriologista e disse que nós não prestávamos praquela espécie de queijo. Quase todo mundo foi liquidado. Eu só escapei porque fui engolido pelo bacteriologista justamente na prova.

– Você escapou – repeti eu, idiotamente.

– Pois é, escapei e estou aqui, transmitindo a "Fog". Mas não precisa ficar com medo. Já disse que gosto de sua atitude relativista a respeito dos elementos da natureza. E depois estou de partida; não consigo me adaptar a um país tão quente. Setecentos graus à sombra, putz!

– Quarenta – corrigi eu.

– Quarenta pra você – disse o vírus. – E depois, agora que estou sozinho, não tenho outra coisa a fazer senão voltar pra Inglaterra. Vou pegar o primeiro inglês que estiver tomando um avião e embarco nele. Só tenho que tomar o cuidado de não sair num espirro.

– Está sozinho? – arrisquei.

– É. Morreu Íris, minha companheira de tantos anos (dias). Nos conhecemos dentro de uma floração de streptos. Você já viveu alguma vez numa floração de streptos? É um barato! Mas, como todo barato, o perigo é o vício. Eu consegui sair no auge do prazer, percebendo o que me aguardava, mas Íris, em pouco tempo, tinha ficado um vírus inteiramente inócuo. Primeiro ficou *atenuada* e, logo depois, morria de limpeza. Isso – esterilizada. Não conseguia atacar nem uma cobaia.

A voz parou um instante e disse, finalizando:

– Vou embora. Esta vida de *vírus* não tem mais sentido, sempre no risco de um ataque maciço de potências que não temos condições de enfrentar, sempre ameaçados de sermos, individualmente, espremidos entre duas lâminas de vidro para servirmos de exemplo do mal. De tudo, hoje, nos põem a culpa. Uma guerra, uma discussão, qualquer acontecimento negativo logo a imprensa vem e diz que é virulento. Vou embora. Adeus. Continue lutando por nós e eu lhe prometo que, de nossa parte, faremos de você um ser imortal: sem gripe, sem tumores, sem câncer, sem sequer uma comichão.

– Comichão, não, que eu gosto.

Palavras sobre palavras

Crônicas? Poemas? Até um dicionário? O escritor apenas "empilha" palavras? Ou pensa sobre elas? Analisa, escolhe outro sentido, inventa palavras, ironiza linguagens... O jornal não é apenas o meio de difusão da escrita – transforma-se em assunto. Escrever sobre a escrita pode ser tão interessante quanto ler sobre a leitura – o que você pode começar a descobrir agora.

"Avant-garde"[1]

O pintor estava acabando de retocar seu quadro quando a mulher entrou e começou a discutir. Discussão vai, discussão vem (na realidade a conversa vinha mais do que ia, pois ela não o deixava falar), veio de lá também uma vassourada. Malandro, o pintor, já acostumado às investidas da esposa, baixou a cabeça. O instrumento (mortal, quando manejado pelas mãos hábeis de uma esposa casada com comunhão de bens) atingiu o quadro. A tinta fresca se esparramou e o quadro ficou irreconhecível. Irritado, ele não se incomodou em fazer outro. Mandou-o assim mesmo para a Bienal. Mas, a julgar pela opinião da crítica, que deu o Grande Prêmio ao quadro, ela compreendeu perfeitamente as condições que presidiram à confecção do mesmo. Eis a crítica: "Há, neste quadro de Pedro Gôngora, mais violência do que em todos seus trabalhos anteriores. Sente-se nele um conflito latente entre sua execução inicial e o acabamento rápido, rude, como se o pintor quisesse nos exprimir as várias fases da alma humana, aqui branda e preocupada, ali agressiva e sem direção. Vê-se perfeitamente que ele se curvou neste seu trabalho só levantando a cabeça quando o quadro já estava completo. É uma obra que contém uma colaboração estranha ao nosso acervo artístico, como se nela estivesse realizado, sem retoque e sem rebuscamento, um *flash* rápido e conciso de uma reação fundamental da alma humana".

1 "Vanguarda", em francês. (N. E.)

O crítico teatral vai ao casamento

Como espetáculo, o casamento da Senhorita Lígia Teles Souza com o Sr. Herval Nogueira foi realmente um dos mais irregulares a que temos assistido nos últimos tempos. A Senhorita Teles parecia muito nervosa, nervosismo justificado por estar estreando em casamentos (o que não se pode dizer do noivo, que tem muita experiência de altar), de modo que sua dicção, normalmente já não muito boa, foi prejudicada a tal ponto que os assistentes das últimas filas não lhe ouviram uma palavra. O cenário, altamente convencional, tinha apenas uma nota de originalidade nos cravos vermelhos que enfeitavam as paredes. Os turíbulos estavam muito bem colocados, mas os figurinos de todos os oficiantes foram, visivelmente, aproveitados de outras produções.

O noivo representou o seu papel com firmeza, embora um tanto frio. Disse "sim" ou "aceito" (não ouvimos bem as suas frases porque a acústica da abadia é péssima). Fora os pequenos senões notados, teremos que chamar a atenção, naturalmente, para o coroinha, que a todo momento coçava a cabeça, indiferente completamente à representação, como se não participasse dela. A música também foi mal escolhida, numa prova de terrível mau gosto. Realmente, pode ser que a Marcha Nupcial de Mendelssohn já esteja muito batida, mas é sempre preferível esse fundo ortodoxo a uma inovação do tipo da usada, tendo o coro cantado o samba "É com esse que eu vou".

O fato da noiva chegar atrasada também deixou altamente impacientes os espectadores, que a certo momento começaram mesmo a mostrar evidentes sinais de nervosismo. A sua entrada, porém, foi espetacular, e o modelo que trajava, além do andar digno que soube usar para se encaminhar ao palco de seu destino, rendeu-lhe os melhores parabéns ao fim do espetáculo.

O vitorioso da noite foi, sem dúvida nenhuma, o padre, que disse o seu sermão com voz clara e emocionada, num texto traduzido do latim com toda perfeição.

Em suma – espetáculo normal, que deve ser assistido por todos os parentes e amigos. Lamentamos apenas – e tomamos como um deplorável sinal dos tempos – a qualidade do arroz jogado sobre os noivos.

Provérbios modernizados

No sentido de aprimorar cada vez mais a linguagem de nossos leitores, apresentamos aqui alguns conhecidíssimos provérbios, tendo o cuidado de vazá-los para linguagem mais digna e menos obsoleta do que aquela em que usualmente são apresentados. Veja o leitor se consegue descobrir, dentro desta roupagem nova, o provérbio velho, e terá então se candidatado à descoberta de muitas outras coisas novas que, neste lindo mundo de Deus, são tantas vezes obrigadas, por força de economia precária, a usar roupas velhas. Mas não entremos no social nem no emotivo. Fiquemos no puro intelectual, senhora:

1) A substância inodora e incolor que já se foi não é mais capaz de comunicar movimento ou ação ao engenho especial para triturar cereais.

2) Aquele que se deixa prender sentimentalmente por criatura inteiramente destituída de dotes físicos, de encanto, ou graça, acha-a extraordinariamente dotada desses mesmos dotes que outros lhe não veem.

3) O artífice ou operário que fabrica um cabaz fundo fabrica vinte vezes o quíntuplo disso.

4) De unidade de cereal em unidade de cereal a ave de crista carnuda e asas curtas e largas da família das galináceas abarrota a bolsa que existe nessa espécie por uma dilatação do esôfago e na qual os alimentos permanecem algum tempo antes de passarem à moela.

5) O Espírito das Trevas não é tão destituído de encantos e graças físicas quanto se o representa por meio de traços e cores.

6) Aquele que anuncia por palavras tudo que satisfaz ao seu ego, tende a perceber pelos órgãos da audição coisas que não se destinam a aumentar-lhe o sentimento de euforia.

7) Por cada um dos prolongamentos articulados em que terminam os pés e mãos do homem e outros animais se estabelece a identidade do ser de estatura descomunal.

8) Quando o sol está abaixo do horizonte a totalidade dos animais domésticos da família dos felídeos são de cor mescla entre branco e preto.

9) O traje característico que usa não identifica fundamentalmente a pessoa que por fanatismo, misticismo ou cálculo se isola da sociedade levando vida austera e desligada das coisas mundanas.

10) A criatura canonizada que vive em nosso próprio lar não é capaz de produzir feito extraordinário que vá contra as leis fundamentais da natureza.

Forma tradicional dos mesmos provérbios

1 – Águas passadas não movem moinhos.
2 – Quem ama o feio bonito lhe parece.
3 – Cesteiro que faz um cesto faz um cento.
4 – De grão em grão a galinha enche o papo.
5 – O diabo não é tão feio quanto se pinta.
6 – Quem diz o que quer ouve o que não quer.
7 – Pelo dedo se conhece o gigante.
8 – À noite todos os gatos são pardos.
9 – O hábito não faz o monge.
10 – Santo de casa não faz milagre.

Alfabeto concreto

O *A* é uma letra com sótão. Chove sempre um pouco sobre o *à* craseado. O *B* é um *l* que se apaixonou por um *3*. O *b* minúsculo é uma letra grávida. Ao *C* só lhe resta uma saída. O *ç* cedilha, esse jamais tira a gravata. O *D* é um berimbau bíblico. O *e* minúsculo é uma letra esteatopígia (esteatopigia, ensino aos mais atrasadinhos, é uma pessoa que tem certa parte do corpo, que fica atrás e embaixo, muito feia). O *E* ri-se eternamente das outras letras. O *F*, com seu chapéu desabado sobre os olhos, é um *gangster* à espera de oportunidade. O *f* minúsculo é um poste antigo. A pontinha do *G* é que lhe dá esse ar desdenhoso. O *g* minúsculo é uma serpente de faquir. O *H* é uma letra duplex. A parte de cima é muda. Serve também como escada para as outras letras galgarem sentido. O *h* minúsculo é um dinossauro. O *I* maiúsculo guarda, em seu porte de letra, um pouco do porte marcial de quando age como algarismo romano. O *i* minúsculo é um bilboquê. O *J*, com seu gancho de pirata, rouba às vezes o lugar do *g*. O *j* minúsculo é uma foca brincando com sua bolinha. Vê-se nitidamente que o *K* é uma letra inacabada. Por enquanto só tem os andaimes. Parece que vão fazer um *R*. Junto com o *k* minúsculo o *K* maiúsculo treina passo de ganso[1]. O *L* maiúsculo parece um *l* que extraíram com a raiz e tudo. Mas o *l* minúsculo não consegue disfarçar que é um número (1) espionando o alfabeto. O *M* maiúsculo é um

1 Passo típico de certos desfiles militares. (N. E.)

gráfico de uma firma demasiado instável. O *m* minúsculo é uma cadeia de montanhas. O *N* é um *M* perneta. No *n* minúsculo pode-se jogar golfinho[2] com a bolinha do *o*. O *O* maiúsculo boceja largamente diante da chatura das outras letras. O *o* minúsculo é um buraquinho no alfabeto. O *P* é um *d* plantando bananeira. O *p* minúsculo é um *q* que vem de volta. O *Q* maiúsculo anda sempre com o laço do sapato solto. O *q* minúsculo é um *p* se olhando de costas ao espelho. O *R* ficou assim de tanto praticar halterofilismo. Sente-se que o *S* é um cifrão fracassado. O *s* minúsculo é um cisne tranquilo. Na balança do *T* se faz jusTiça. O *U* é uma ferradura da tipografia, protegendo o galope das ideias. O *u* minúsculo é um *n* com as patinhas pro ar. O *V* é uma ponta de lança. O *W* são *vês* siameses. O *X* é uma encruzilhada. O *Y* é a taça onde bebem as outras letras. Desapareceu do alfabeto porque se entregou covardemente, de braços pra cima. O *Z* é o caminho mais curto, depois da bebida. O *z* minúsculo é um *esse* cubista[3].

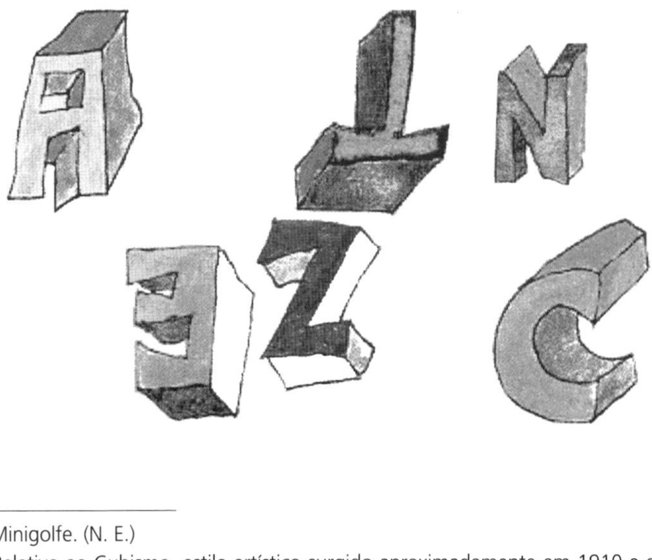

2 Minigolfe. (N. E.)

3 Relativo ao Cubismo, estilo artístico surgido aproximadamente em 1910 e em cujas obras se destacam formas geométricas. (N. E.)

A imprensa antes da imprensa

Num furo sensacional, num esforço de reportagem, o arqueólogo exclusivo de O PIF-PAF descobre nas cabeceiras do Rio Xingu (mão esquerda, quem desce) uma relíquia em jornais antigos, anteriores à Bíblia de Mogúncia. Reproduzimos aqui alguns desses documentos sensacionais.

Da "Gazeta do Parnaso"

PROMETEU AMARRADO AO ROCHEDO

Continua amarrado ao Monte Cáucaso, por ordem de Júpiter, o Titã Prometeu, que, como sabem os leitores, roubou o fogo do céu. Torturado há vários dias por um urubu que lhe devora o fígado, não quis, contudo, revelar até agora o nome do autor intelectual de seu crime, que se supõe ser Zeus. Tenta, assim, tornar-se o símbolo humano da resistência heroica a sofrimentos não merecidos.

"Correio da Grécia"

LAMENTÁVEL DESASTRE COM UM VELOCINO ESPECIAL

Ontem à noite, quando viajava num velocino de ouro, de dois lugares, em direção ao oriente, no momento exato em que o poderoso transporte voava sobre o estreito que separa a Europa da Ásia, projetou-se do animal a princesa Hele, filha do Rei Atamas com a rainha Nefele. O velocino continuou viagem em direção ao Mar Negro, tendo Hele vindo a falecer. Seu pai, pesarosíssimo, mandou dar ao local em que ela caiu o nome de Helesponto.

Do "Paleolitical Sunday"

DESCOBERTO O FOGO!

Depois de três anos de contínuas experiências, o ilustre sábio Cro-ma-nhon, Ut-Ut, anunciou ontem ao mundo civilizado uma descoberta completamente revolucionária – o fogo. A nova descoberta, com a qual se obtém calor artificial, é capaz de derreter certo tipo de pedras tornando possível amoldá-las de modo especial, o que, compreende-se, é de fabuloso alcance para a indústria bélica. Às pedras que já conseguiu dissolver com seu maravilhoso invento, o sábio deu o nome de Ferro. O processo, tremendamente complexo, requer o uso de um pau roçado em outro pau, de tal maneira que, depois de algumas horas, produz fumaça e, outras tantas horas depois, fogo. Círculos militares estão interessados desde já no estudo de um aproveitamento do fogo na fabricação de armas tão potentes que, de uma vez por todas, eliminem o perigo de novas guerras. P.S. Os primeiros críticos da nova descoberta afirmam, porém, que ela tende a poluir todo o ar, tornando impossível a vida na terra.

Da "Tarde Cairense"

PERDA IRREPARÁVEL PARA A NAÇÃO EGÍPCIA

Numa comovente cerimônia fúnebre como até hoje não foi contemplada no Vale do Nilo, baixou ontem à Pirâmide o corpo de Keops. Parentes, amigos e admiradores do extinto compareceram para levar até à penúltima morada o primeiro cavalheiro do País. O ato religioso, celebrado por três sacerdotes, constou de oferendas, cânticos e encomendação anímica do morto à Deusa Ísis.

Do "Decadentis Romanorum"

NERO PÕE FOGO EM ROMA!

Ontem à noite, depois de uma desagradável e monótona devoração de cristãos pelos leões no Coliseu, quando toda a cidade comentava o decréscimo de interesse desses espetáculos cada vez mais destituídos de selvageria e bom gosto, foi dado o alarma geral de incêndio. Pouco depois, porém, a população se mostrava mais satisfeita ao saber que se tratava de outra curiosa pilhéria do Imperador Nero, o qual, entediado com o espetáculo acima referido, a vida, em geral, e a sua, em particular, resolvera destruir pelo fogo parte da cidade para animar um pouco a modorra em que caiu o Império Romano. O fogo começou nos bosques próximos ao Circo Máximo. Logo estendeu-se, destruiu o Palatino, o Esquilino, o Aventino, o Fórum Boarium e, apesar dos esforços dos bravos centuriões do fogo, só se deteve diante da barreira líquida do Tibre. Os jornais oficiais culpam os cristãos como autores do sinistro.

Do "Olympus Journal"

VIAGENS

Partiu ontem, para a Cólchida, o luxuoso barco "Argo", no qual, além do príncipe Jasão, viajaram outros ilustres representantes de nossa melhor heroicidade, como, por exemplo, os senhores Teseus, Hércules (*), Orfeu e Nestor. O barco deixou a Tessália à noite, devendo chegar a Lemos dentro de dois dias. Grandes aventuras devem aguardar os simpáticos argonautas.

(*) Hércules, como se sabe, foi incluído pelos nossos cronistas sociais entre os 10 mais heroicos do ano.

Do "Kalapalos Daily"

FOMOS DESCOBERTOS!

Na madrugada do dia 12, aportou à nossa ilha o navegador genovês Cristóvão Colombo, comandando uma frota de três veleiros: Santa Maria, Pinta e Nina. Entrevistado pela nossa reportagem, o marinheiro genovês declarou que foi muito difícil chegar às Bahamas: os capitais para a armação de sua frota só foram conseguidos através da venda das joias pessoais da rainha Isabel, a católica. Mas, apesar dos sofrimentos por que passou durante a viagem, Cris parecia completamente satisfeito com o fato de nos ter descoberto, estando mesmo disposto a perdoar alguns marinheiros que tentaram se sublevar durante a viagem. Foi decretado feriado.

Do "Guttenberg Zeitung"

INVENTADA A IMPRENSA

Tendo eu inventado a imprensa antes de ontem, depois de anos de pesquisa, aproveito aqui para comunicá-lo ao público de Mogúncia. Aos que continuam não acreditando na possibilidade do tipo móvel, nossas novas edições, já com dois cadernos e um suplemento a cores, rapidamente obrigarão a se curvarem ante os fatos. Estou agora mesmo preparando uma bíblia que, espero, será a mais famosa do mundo inteiro. (a) Gutt. Mogúncia, 1568.

Dicionário EtimoLÓGICO

Certidão – Momento em que eles declaram que você existe como ser.
Comensal – Se alimenta com cloreto de sódio.
Comerciante – Se alimenta em frente.
Comichão – Devora terra.
Comodista – A que distância fica?
Comover – Maneira de olhar.
Compenetrar – Entrar a pé.
Competição – Tem um pé de crioulo.
Consolidar – Apenas com o fato de tomar parte em.
Consumo – O que ainda não foi espremido.
Convocação – Tem avô de filhote de tubarão.
Criatura – Suporta o barulho dos grilos.
Demolição – Aula do diabo.
Demover – Olhar o diabo.
Desenvolta – Dez pessoas cercando uma.
Desespero – Aguardo uma dezena.
Destroços – Uma dezena de coisas.
Dever – Olhar um *d*.
Dogmatizar – Misturar cães ingleses.
Fanfarra – Diversão dos admiradores.
Fascinantes – Certas mulheres que antes de cederem acenam que sim.
Filatelia – Tomava conhecimento de tuas ideias o pessoal que esperava um atrás do outro.
Informação – Está se fazendo.
Janota – Começa a perceber.

Jogador – Sujeito que arrisca a dor alheia.
Leiteria – Possuiria postulados legais.
Manotenção – O nervosismo do irmão.
Maratona – À superfície do oceano.
Marfim – Onde acaba o oceano.
Mortificar – Transformar-se em defunto.
Novecentos – Sujeito que vê centenas de nós por toda parte.
Obtemperar – Fazer salada com a letra B.
Padecimento – Pá contendo cimento.
Paisagem – Progenitores atuam.
Panorama – Ramagem da fazenda.
Pastoral – Tranquilidade entre os maridos das vacas.
Patológico – Anatídeo coerente.
Pélourinho – Pé fulvo.
Penalisar – Passar a mão nas plumas.
Perverso – Por estrofe.
Revolta – A criminosa retorna.
Salutar – O senhor Sá pelejar.
Sentimental – Faltando-me tu eu fico cerebral.
Servir – Criatura humana que vai chegar.
Sobejo – Apenas ósculo.
Sólido – Apenas trabalho.
Solução – Pedido que o lusitano faz quando quer se perfumar no barbeiro.
Solver – Apreciar o astro rei.
Superstição – Sujeito extrapreto.
Tamanco – Apresenta-se claudicante.
Ultrajar – Vestir-se excessivamente bem.
Unção – Um que não está doente.
Veemente – Assiste e não conta a verdade.
Vergastar – Assistir uma pessoa fazendo despesas.

A vaguidão específica

"As mulheres têm uma maneira de falar
que eu chamo de vago-específica."
(Richard Gehman)

– Maria, ponha isso lá fora em qualquer parte.

– Junto com as outras?

– Não ponha junto com as outras, não. Senão pode vir alguém e querer fazer qualquer coisa com elas. Ponha no lugar do outro dia.

– Sim senhora. Olha, o homem está aí.

– Aquele de quando choveu?

– Não, o que a senhora foi lá e falou com ele no domingo.

– Que é que você disse a ele?

– Eu disse para ele continuar.

– Ele já começou?

– Acho que já. Eu disse que podia principiar por onde quisesse.

– É bom?

– Mais ou menos. O outro parece mais capaz.

– Você trouxe tudo pra cima?

– Não senhora, só trouxe as coisas. O resto não trouxe porque a senhora recomendou para deixar até a véspera.

– Mas traga, traga. Na ocasião, nós descemos tudo de novo. É melhor, senão atravanca a entrada e ele reclama como na outra noite.

– Está bem, vou ver como.

Dicionovário

(Palavras que precisam ser inventadas)

Abacatimento – Redução no preço do abacate.
Abensuado – Louvado cristãmente por ter feito um grande esforço físico.
Abdhomem – Barriga máscula.
Abrilgar – Dar morada em abril.
Adolar – Puxar saco dos americanos.
Altaração – Modificação no oratório.
Amorder – Dentar o queridinho.
Anãofabeto – Pequenininho que nem sabe assinar o nome.
Anthepático – Sujeito desagradável porque sofre do fígado.
Assassinatura – A rubrica de um criminoso de morte.
Assougue – Lugar onde se vende carne assada.
Avôestruz – Estrutionídeo com neto.
Azsinatura – Autógrafo de corredor de automóvel.
Cálcoolar – Dozar a *batida*.
Caligrafeia – Letra ruim.
Calvício – Mania de estar ficando careca.
Camundongo – Rato muito viajado.
Cãodência – Um latido rítmico.
Cãodução – Carrocinha de cachorro.
Capetão – Oficial diabólico.
Capituvante – Personalidade feminina com o *appeal*[1] da heroína do Machado de Assis.

1 "Atração", em inglês. (N. E.)

Carieoca – Guanabarino com dente furado.
Cartomente – Uma adivinha que nunca diz a verdade.
Chofera – Motorista selvagem.
Comemoriação – Festa em regozijo por ter boa memória.
ConThomaz – Sujeito que só anda com o Thomaz.
Desabrotoar – Desabotoar um broto.
Descendoente – Rebento sem saúde.
Deslumbramanto – Espanto diante de uma bela capa.
Despreito – Inveja que é uma homenagem.
Dezcontos – Abatimento de dez mil cruzeiros.
Difaculdade – Empecilho para entrar na Academia.
Dorminar – Ser estoico.
Dozistência – Uma dúzia de pessoas que não querem mais.
Eloyquência – A retórica do Eloy.
Equilébrio – O balanço do bêbado.
Fãquir – Admirador que dorme sobre pregos.
Fãtigado – Admirador cansado.
Fémiliar – Uma crença comum à família.
Filhosofia – Sabedoria do descendente.
Fordmidável – Um carro admirável da fábrica do Henry.
Fracalçado – Sujeito que faliu com uma loja de sapatos.
Fronthospício – Fachada do manicômio.
Impertenente – Oficial insolente.
Inezquecível – Inez Rebeca.
Instintor – Aparelho para aplacar as nossas ânsias.
Irmãginação – Fantasia da filha de nosso pai.
Larbuta – O trabalho doméstico.
Lenhagem – Genealogia de marionete.
Maldicção – Praga feita por um gago.
Manotenção – Sustentar o irmão.
Martrapilho – Marinheiro muito malvestido.
Miltidão – Uma reunião de mais de 999 pessoas.
Modestro – Sujeito hábil e despretensioso.
Mouradia – Onde habita o Moura.
Nortícia – Informação vinda do Norte.
Novocábulo – Uma palavra deste dicionovário.

Panogírico – Elogio a um tecido.
Parvor – Terror de imbecil.
Pavãoroso – Ave horrorosa da família dos galináceos.
Reiconhecer – Identificar o monarca.
Reistaurante – Local onde comem os monarcas.
Repulgnante – Pulga nojenta.
Sacrotário – Um auxiliar de igreja que é facilmente enganável.
Ségredo – O mistério da Igreja.
Sinob – Sacristão cheio de pose porque é encarregado do repicar dos sinos.
Sistermática – Irmã inglesa metódica.
Soltão – Dono de harém, mas inteiramente livre de compromissos.
IIInoitado – Romano que passou a noite em claro.
Tribruto – Imposto sem desconto. Homenagem prestada por um sujeito grosseiro.
Velhocidade – Pressa do ancião.
Walternativa – A opção do Walter.
Xalafrário – Governador persa safado.

Biografia do constante leitor

Foi uma consequência natural
De aprender a ler
Seu amor ao jornal.

Ou melhor, mesmo antes,
Deitado no chão,
As pernas para o ar,
Via as histórias em quadrinhos
Tentando decifrar
A intenção dos mocinhos.

Daí cresceu,
Fez-se mais forte
E seu interesse derivou
Para o esporte.

Descobriu a mulher
E, interessado no tema,
Demorava mais tempo
Na página de cinema.

Há um momento na vida
Bem intelectual;
Quando ele passou a ler
Ensaios literários do jornal.

Aos trinta era partidário
Ofegante e passional
Das reformas gerais
Que implicavam leitura
Demorada e segura
Dos editoriais.

Quem casa quer casa
E por um momento
Seu interesse jornaleiro
Ia às "Imobiliárias"
Primeiro.

Em momentos de sobriedade
Se interessava só pelos problemas
Da cidade.
Nos instantes de leviandade
Só lia do "Society"
E da Sociedade.

Assim, por toda a vida,
Nunca abandonou o jornal,
Com um só interesse
Ou com interesses vários
Até atingir este, final:
"Obituários".

Carta a um jovem leitor

Você me pergunta
Que melhores livros e autores
Devia ter e ler
E eu lhe indico
Ao acaso, aqui,
Sem fazer o profundo,
Alguns dos que já li.
O critério podia ser melhor,
Mas não tem *parti pris*[1].
Comecemos com O Livro,
A Bíblia.
Em segundo, Platão
(Diálogos, A república),
Em terceiro o Corão.
Na certa as Rubaiatas,
Ensaios de Confúcio
E o Maabarata.
Algum teatro grego,
Um pouco do romano,
E em teatro já tardo
Se não falar do Bardo.
Logo ponho Defoe
Com Robinson Crusoé.
E em seguida vem

1 "Preconceito", "opinião preconcebida", em francês. (N. E.)

O bom Mark Twain.
Sem esquecermos Camões
Entre nossos irmões.
Os contos da Clarice,
O máximo no gênero,
E a suave meiguice
Desse lírico modelo
Que é Marques Rebelo.
Ah, a sibilina prosa
de João:
João Guimarães Rosa.
De Rosa, vem Rosário
Amargo e solitário
Que eu rimo com goiva;
Falo de Rosário Fusco
Do livro Carta à noiva.
Um folheto pequeno
De nostalgia pura
Gentil ramalhete
De saudade e ternura:
O menino e o palacete.
Cheio de ácido e fel
O príncipe, de Maquiavel.
Ah, por mais que lhe custe
Leia as 2000 páginas
Do dândi Marcel Proust.
Todo o teatro do gênio
Chamado Sean O'Casey,
Sem esquecer biografias,
Ensaios literários,
Artigos e revistas
E mesmo comentários,
Notícias as mais vagas,
O mais vago fulgor,
O mínimo vislumbre,
Desse imenso escritor.

Filosofia – Schweitzer, o eremita.
Poesia – Dylan Thomas;
Gritada e aflita.
E também, alto e bom som,
Drummond, Drummond!
Dom Quixote (de la Mancha)
Voltaire (pra quem tem cancha).
Todos os livros de Shaw.
E também de Tolstói
Não esquecer um só.
Tchékhov,
É bom todo que li.
E, embora o próprio a rejeite,
A história, de Toynbee.
Sterne, é evidente,
E um pouco de Machado,
Imitador bem cotado.
Brecht, agora na moda.
Marx, sempre na roda.
As mil e uma noites,
Algo de Rui Barbosa
E Joyce, para citar
Em momentos de prosa.
E não creio ser mal,
Aconselhar, neste final,
Pro safado que você é
Um pouco de Rabelais.
Acho que já ajudo
Amigo:
Não posso citar tudo.
P.S.
Sem esquecer, é claro,
(e não faz nenhum favor)
O livro vermelho
dos pensamentos do Millôr.

Conhecendo o autor

Millôr Fernandes

Multi-Millôr

Tasso Marcelo / Agência Estado

Jornalista, desenhista, literato, roteirista, dramaturgo, tradutor, compositor, ator... Multi-Millôr.

Em agosto de 1923 nasceu, na cidade do Rio de Janeiro, Milton Fernandes. Quem? O leitor deve estar se perguntando se não erramos o nome, cochilamos na digitação... A verdade é que o filho de Francisco Fernandes e Maria Viola Fernandes foi batizado como Milton Fernandes. Porém, na letra manuscrita de sua certidão de nascimento, o nome escrito parece Millôr. Bastou que o Liceu de Artes e Ofícios (onde Milton se matriculou em 1938) o registrasse na carteira estudantil como "Millôr" para que a mudança de nome estivesse consumada: "Descubro (...) que não me chamo Milton, mas Millôr. Acho bom, não mudo, e o nome logo pega".

Antes disso, Millôr já era escritor e jornalista. Órfão muito jovem (a mãe e o pai faleceram antes de seus 15 anos), começou a trabalhar cedo, e aos 11 anos seu primeiro texto foi publicado na imprensa – em *O Jornal*, do Rio de Janeiro, em 1934. A partir disso, não parou mais, tornando-se uma figura permanente na imprensa nacional, em diversos veículos de comunicação, como as revistas *O Cruzeiro*, *A Cigarra*, *Veja*, *IstoÉ* e os jornais *O Correio da Manhã*, *O Pasquim* (do qual foi um dos fundadores), *O Estado de S.Paulo, O Dia, Correio Brasiliense, Folha de S.Paulo, Jornal do Brasil*... A lista de colaborações é longa, tanto que o autor publicou livros em que, entre outros textos, reuniu boa parte dessas publicações em jornais e revistas, como *Tempo e contratempo, Esta é a verdadeira história do paraíso* e *Trinta anos de mim mesmo*, apenas para citar alguns títulos de sua extensa bibliografia.

Mas não só de letras vive o homem... Entre essa intensa atividade como escritor, Millôr também viajou muito. As primeiras viagens, pelo Brasil, foram na companhia de Fernando Sabino. Depois, visitou diversos países do mundo, a partir da década de 1940. Conheceu pessoalmente figuras importantes, como Walt Disney e Carmem Miranda. Na década de 1950, Millôr passou a ser reconhecido também como desenhista (atividade que exercia desde seus primeiros trabalhos, na revista *O Cruzeiro*): dividiu com o norte-americano Saul Steinberg, em 1955, o primeiro lugar da Exposição Internacional do Museu da Caricatura de Buenos Aires. Em 1957, fez uma exposição individual de seus trabalhos gráficos no Museu de Arte Moderna do Rio de Janeiro.

Além da atuação nas letras e nas artes plásticas, Millôr também contribuiu para o teatro e o cinema nacionais. Seu primeiro roteiro cinematográfico foi escrito ainda em 1949, com o título *Modelo 19*, que se transformaria no filme *O amanhã será melhor*. Depois se seguiram os roteiros de *Ladrão em noite de chuva* (1955) e *Marafa* (1959). A participação de Millôr na dramaturgia brasileira foi ainda mais expressiva: atuou como tradutor, adaptador, autor e até produtor de peças teatrais. Criou cenas que expressavam seu pensamento livre e crítico em relação à realidade brasileira, em peças como *Liberdade, liberdade* e *Um elefante no caos*, em meados da década de 1960, o que lhe rendeu problemas com a censura, em plena Ditadura Militar. Trouxe para os palcos brasileiros a moderna técnica da *colagem* – junção de trechos de obras literárias e teatrais de vários autores –, como percebemos na peça

O homem do princípio ao fim (1978). Mais do que com palavras, Millôr se envolveu, literalmente, de corpo inteiro, na arte teatral: em 1966, montou, ao ar livre, no Largo do Boticário, sua adaptação de *Memórias de um sargento de milícias*; em 1968, ao lado de Elizeth Cardoso e do Zimbo Trio, atuou no espetáculo musical *Do fundo do azul do mundo*, também de sua autoria. Sim, Millôr também deu seus passeios pelo mundo da música, e não era a primeira vez que ele compunha: sua canção *O homem* já havia sido cantada no II Festival de Música Popular Brasileira, em 1966, na voz de Nara Leão.

Jornalista, desenhista, literato, roteirista, tradutor, dramaturgo, compositor, ator... Millôr é múltiplo. Através de décadas e de diferentes estilos de arte, esse autor nos apresenta um pedaço da história do nosso país. Com seriedade, com senso crítico, mas sem cara feia, já que define a si próprio como humorista. O que só engrandece a importância – e o prazer – de conhecermos sua obra.

Obras do autor

PROSA

Eva sem costela – um livro em defesa do homem (sob o pseudônimo de Adão Júnior), 1946
Tempo e contratempo (sob o pseudônimo de Emmanuel Vão Gogô), 1949
Lições de um ignorante, 1963
Fábulas fabulosas, 1964
Esta é a verdadeira história do Paraíso, 1972
Trinta anos de mim mesmo, 1972
Livro vermelho dos pensamentos de Millôr, 1973
Compozissõis imfãtis, 1975
Livro branco do humor, 1975
Devora-me ou te decifro, 1976
Millôr no Pasquim, 1977
Reflexões sem dor, 1977
Novas fábulas fabulosas, 1978
Que país é este?, 1978
Millôr Fernandes (coleção Literatura Comentada), 1980
Todo homem é minha caça, 1981
Diário da Nova República, 1985
Eros uma vez, 1987
Diário da Nova República (volume 2), 1988
Diário da Nova República (volume 3), 1988
The cow went to the swamp ou *A vaca foi pro brejo*, 1988
Humor nos tempos do Collor (com Luís Fernando Veríssimo e Jô Soares), 1992
Millôr definitivo – A bíblia do caos, 1994
Amostra bem-humorada (seleção de textos de Maura Sardinha), 1997
Tempo e contratempo (2ª edição) – *Millôr revisita Vão Gogô*, 1998
Crítica da razão impura ou *O primado da ignorância* (sobre *Brejal do Guajas*, de José Sarney, e *Dependência e desenvolvimento na América Latina*, de Fernando Henrique Cardoso), 2002
100 fábulas fabulosas, 2003
Apresentações, 2004

POESIA

Papaverum Millôr, 1967
Hai-kais, 1968
Poemas, 1984

Referências bibliográficas

Os textos que compõem esta antologia foram originalmente publicados nas obras abaixo:

"Cientificismo", "O Brasil", "O filho prodígio", "O banheiro", "Provérbios modernizados". In: *Lições de um ignorante*. Rio de Janeiro, J. Álvaro Editor, 1963.

"O tamanho do homem", "A ambição superada", "Juízo final", "A verdade na mata", "O rei dos animais", "O rato que tinha medo". In: *Fábulas fabulosas*. Rio de Janeiro, J. Álvaro Editor, 1964.

"Poesia de litígio conjugal alienígena", "Poesia hirsuta", "Ode (ou elegia?) a um quase calvo", "Poesia exploratória", "Aos que não têm vez", "Poeminha do 'tempo perdido'", "Poeminha sobre o mistério do tempo", "Maturidade", "Retrato", "Poeminha maçante – Por que não ser também um chato?", "Mandrake", "Poeminha de louvor ao 'strip-tease' secular", "Se", "Hamlet 1954", "Poeminha edipiano diante do punho fechado de uma filha", "Biografia do constante leitor", "Carta a um jovem leitor". In: *Papaverum Millôr*. Rio de Janeiro, Nórdica, 1967.

"O abridor de latas", "A mensagem", "Tudo é convenção!", "Poesia cinética I", "Poesia cinética II", "Joãozinho, o monstro", "Poesia matemática", "Teatro Corisco", "Snooker", "O destino", "Quem não anuncia se esconde", "Avant-garde", "O crítico teatral vai ao casamento", "Alfabeto concreto", "A imprensa antes da imprensa", "Dicionário EtimoLÓGICO", "A vaguidão específica", "Dicionovário". In: *Trinta anos de mim mesmo*. Rio de Janeiro, Nórdica, 1972.

"Falando ao invisível". In: *Millôr no Pasquim*. Rio de Janeiro, Nórdica, 1977.

"Profunda base histórica". In: *Que país é este?* Rio de Janeiro, Nórdica, 1978.

"O arreglo". In: *Todo homem é minha caça*. Rio de Janeiro, Nórdica, 1981.

"Poeminha incomparável". In: *Poemas*. Porto Alegre, L&PM, 1984.